ホーンテッド・キャンパス

だんだんおうちが遠くなる

櫛木理宇

角川ホラー文庫
22972

CONTENTS

HAUNTED CAMPUS

Characters introduction
イラスト／ヤマウチ シズ
八神森司
やがみ しんじ
大学生（一浪）。超草食男子。霊が視えるが、特に対処はできない。こよみに片想い中。
灘こよみ
なだ こよみ
大学生。美少女だが、常に眉間にしわが寄っている。霊に狙われやすい体質。

HAUNTED CAMPUS

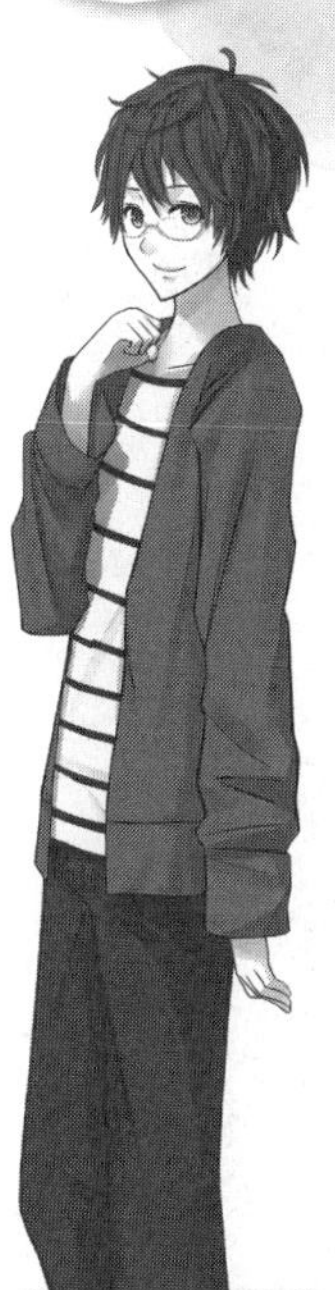

黒沼麟太郎
くろぬま　りんたろう

大学院生。オカ研部長。こよみの幼なじみ。オカルトについての知識は専門家並み。

三田村藍
みたむら　あい

元オカ研副部長。新社会人。身長170cm以上のスレンダーな美女。アネゴ肌で男前な性格。

黒沼泉水
くろぬま　いずみ

大学院生。身長190cmの精悍な偉丈夫。黒沼部長の分家筋の従弟。部長を「本家」と呼び、護る。

HAUNTED CAMPUS

鈴木瑠依

すずき　るい

新入生。霊を視ることができる。ある一件を通じ、オカルト研究会の一員となる。

小山内陣

おさない　じん

歯学部に通う大学生。甘い顔立ちとモデルばりのスタイルを持つ。こよみの元同級生。

プロローグ

HAUNTED CAMPUS

今年も残すところあと数日となった。

世間は完全に正月ムードである。テレビはつまらない特番のCMばかりで、スーパーへ行けば鏡餅（かがみもち）や神棚用の注連（しめ）飾りコーナーがいつもの売り場を圧迫している。

だが雪越（せつえつ）大学三年生の八神森司（やがみしんじ）は、とくに変わらぬ暮らしをつづけていた。

アパートの自室でとぐろを巻き、携帯電話をいじり、たまにレポートを書き、朝食兼昼食にカップ焼きそばを啜（すす）るという、典型的男子大学生の生活である。

例年ならばそろそろ実家へ帰る頃だが、今年は母からいち早く、

「年末に帰ってきても誰もいないわよ」

との連絡が入った。

看護師の母は年末年始も仕事だ。また会社員の父親は、SNSのフォロワーたちと会うため二十九日の夜から上京するという。全員が同年代かつ蘭の愛好家で、東京で年始にひらかれる品評会のため集合するらしい。

――というわけでおれは、アパートで孤独に年越しだ。

森司は三分の一ほど食べたカップ焼きそばに、味変用の黒胡椒をかけてひとりごちた。

まあ孤独はべつにかまわない。一人は嫌いではないし、どうしても会いたい親戚もいない。もはやお年玉をもらえる歳でもない。

それより気がかりなのは、今冬の積雪量であった。

俗に「カマキリが高い枝に卵を産みつけると、その年は大雪になる」という。今年の秋、森司が目にした卵の位置は腰の高さを超えていた。

そして気象庁もまた、「数十年に一度の大雪になる可能性が高い」と繰りかえし注意をうながしている。このボロアパートの屋根がどれほどの積雪に耐えられるか、考えれば考えるほど不安しかなかった。

もうひとつの気がかりといえば、陣内トキ子教授だ。

例のクリスマスイヴから数日が経った。

しかし彼女の行方はいまだ知れない。娘の魂がどうなったかもわからない。

心配だった。とはいえ、森司は〝人よりちょっと幽霊が視えるだけの、一般大学生〟に過ぎない。

彼ごときが気を揉み、頭を絞ったところでなにもできはしない。無意味というか無益というか、とにかく一人で勇み立っても無駄であった。

――ああいかん。思考が鬱寄りに走ってしまう。

森司はかぶりを振った。

ついでに三分の二ほど食べたカップ焼きそばに、さらなる味変用のラー油をかける。

――うむ、美味(うま)い。

満足してうなずく。そうだ、おれなどはカップ焼きそばの美味いまずいに一喜一憂しているのがお似合いだ。しょせんその程度のスケールの人間なのだ。よけいなことは考えず、まずは年末のメシの確保を――。

と考えていると、携帯電話が鳴った。

グループＬＩＮＥの着信音である。

森司は箸(はし)を置き、即座に手を伸ばした。口の中の焼きそばを高速で嚙(か)みくだく。大急ぎで飲みこむ。

その脳裏に浮かんでいたのは艶(つや)やかな黒髪の美少女、彼の長年の想い人こと、灘(なだ)こよみの笑顔であった。

なぜならば先日、彼はこよみと約束したのだ。

クリスマスイヴの騒動で失くしてしまったネクタイの一本を補充すべく、二人で、二人きりで、二人だけで「街へショッピングに行こう」と。

「初売りで、混む前がいいよな」

森司は言った。

「そうですね。大雪も心配ですし、積もる前に」

こよみも同意した。

要するに、今日あたりがちょうどいい日取りと言える。すくなくとも森司はそう見積もっていた。だからして彼女もまた、同じように考えてくれたのではないか——と携帯電話の液晶に目を走らせる。

だが残念ながら、ＬＩＮＥの発信者はこよみではなかった。

画面に表示された名は『両角巧』だった。

ある事件を通して、秋に知りあった青年だ。かつてはテレビのゴールデンタイムに冠番組まで持っていた、人気霊能者である。

つまり芸能人なのだ。本来なら森司など、存在を認識されるどころか半径十メートルにも入れぬはずの相手だ。しかし森司は正直にこう思った。

——なんだ、野郎かよ。

と。

もっとはっきり言えば、かなりがっかりした。

いまの森司に男は必要なかった。そして世の女の九十九・九パーセントすら必要ではなかった。

おれが必要としている相手は、もっとこう……と思いつつも、森司は巧が送ってきた律儀な時候の挨拶を、これまた律儀に読んだ。

「元気そうでよかった。妹さん元気？」

とレスポンスを送る。

霊能者業界の超新星として登場した巧の妹こと両角花澄(かすみ)は、三箇月ほどネットテレビや人気ＹｏｕＴｕｂｅｒの動画ゲストに出演しまくったが、その後はさっぱりだ。ここ最近は「充電中」と称し、完全になりをひそめている。

巧の返信は早かった。

「それが、よくわからないんですよね。このところ全然会えてなくて。元気なことは元気らしいんですが」

そう言う巧本人は、念願の調理師学校へ来春から通う予定だという。

彼はひとしきり近況を語ったのち、

「ところで、例の件なんですが」

と切りだしてきた。

「例の件？」

「あれですよ。今月のはじめにご相談した、あの……」

ああそっちか、と森司は納得した。

すこし前に、巧の紹介でさる人から依頼を受けた。だがいまいち捗(はかど)らず、中途半端なところで停滞していたのだ。

そのとき、着信音がつづけざまに鳴った。

同じグループＬＩＮＥに登録している、雪大(ゆきだい)オカルト研究会メンバーのレスだった。

みな巧のメッセージを読んだらしい。

メンバーは森司と違い、時候の挨拶などものともしなかった。

「集合できるの？　じゃあ会って話しあおうか」

「部室は無理ですよね。もう大学閉まってますし」

「あ、ファミレスでいいんだ？　なら三十分後に集合ね」

いたって合理的で話が早い。あれよあれよという間に話がまとまっていく。ちなみに巧自身は東京の自宅にいるため、むろん不参加であった。

——ファミレスに行くとわかっていれば、焼きそばは食わなかったのに。

そう内心で悔やみつつ、森司は身支度をした。歯をみがき、寝癖を直し、髭を剃り、スウェットを脱いで着替えて——とやっているうち、気づけば早や集合時刻の十分前だった。

「やべ。いってきます」

鉢植えのサボテンに告げ、急いでブーツを履く。

ふと、扉の投函口に挟まったチラシに彼は気づいた。なんの気なしに抜いて、後悔する。

どうやら、どこぞの劇団の宣伝チラシらしい。おどろおどろしい書体での『四谷怪談異考』のタイトルに加え、顔が崩れたお岩さんらしきイラストが描いてある。

森司はホラー全般が嫌いだ。ただでさえ見たくもない幽霊が視える体質なのに、金を払ってまで鑑賞する意味がわからん、と思って生きてきた。

——おまけに、このチラシ。

どうもいやな感じがする。

どこがどういやなのか、通常のチラシとどこが違っているのかは、うまく説明できそうにない。できないからこそいやなのだ、としか言えない。

この感覚の言語化はむずかしかった。いかに言葉を尽くし、比喩を多用しても追いつけそうにない。純粋に生理的なものであって、理屈の及ぶ領域ではないのだ。

——ともかくこのチラシは、途中のコンビニにでも捨てさせてもらおう。コンビニが家庭ゴミお断りなのは重々承知している。だがこいつを、家のゴミ箱に置いておきたくなかった。必ずコーヒーか菓子かなにかしら買うので、なんとかその売上げで相殺してもらいたい。そう願った。

扉を開けると、灰白色の空から白いものがちらついていた。

さっきのチラシに加えて雪か。森司はげっそりした。

——本音を言えば、こんな日は家に閉じこもっていたいんだけど。

狭いながらも楽しいわが家。なんと言ってもうちが一番。どこかで聞いた、そんなフレーズが頭に浮かぶ。

とはいえ、家を出なきゃこよみちゃんに会えないからなあ——。

つぶやいて、森司はアパートの扉をばたんと閉めた。

第一話　水晶の飾り窓

HAUNTED CAMPUS

1

自分の家ながら、瀟洒という言葉がぴったりな洋館だ――。

そう紀枝はいつも思う。

ところは豪壮な邸宅ばかりが立ち並ぶ、高級住宅街である。紀枝が夫とともに住む『蒔苗邸』は、その一角に雨染みひとつない新築の壁を誇るように建っていた。

渋いスモークグリーンの釉薬をほどこした、特注の洋瓦。そのてっぺんでまわる、同じく特注でベルギー製の風見鶏。

今回の家には、かねて希望の飾り窓とらせん階段を作ってもらえた。クラシカルなデザインながら機能性が高く、前の家より気に入っている。

庭の温室では真冬にもかかわらず、二十種近い薔薇が咲いていた。厳しい風雨に凍えることなく、ビロードのような花弁を朱に白にと艶やかにひらいている。

紀枝は暖炉の前に横座りになっていた。

窓越しに薔薇を眺め、そっとつぶやく。

――これ以上を望んだら、ばちが当たるかしら。

と。

わたしはすべてを手に入れた。理想どおりの屋敷。裕福でやさしい夫。静かで平穏で、美しいものに囲まれた暮らし。

忙(せわ)しなかった都会の生活と違い、こちらではいたってのんびりと過ごせている。

雪には苦労させられるが、専業主婦の紀枝は通勤に合わせて早起きする必要もない。雪かきは業者がやってくれるし、こまごました雑事は家政婦や夫の秘書が取りはからってくれる。

――だから義母の存在くらいは、鷹揚(おうよう)に受け入れるべきだ。

己に言い聞かせ、紀枝は毛足の長いラグを撫(な)でた。

なのに「今日も義母は来るのだろうか」と考えただけで、心はひとりでに憂鬱(ゆううつ)になってしまう。

――べつに、悪い人ではないのよね。

わかっている。義母は悪人などではない。

悪気があっての訪問ではない。よくわかっている。第一、彼女は夫の直之(なおゆき)が大事にしている母親だ。うまくやっていきたいと、心から思っている。

――でも、合わない。

どうしようもなく、紀枝と義母は合わない。相容(あいい)れない、と言ってもいいだろう。どうしてこの人から、あんなにおっとりとやさしい直之さんが生まれたのか。そう訝(いぶか)

ってしまうほどに義母は騒々しく、派手好きで、でしゃばりで、浪費家で、ゴシップ好きの気分屋だ。

十秒と黙っていられず、言うことも態度もころころ変わる。おまけに最低でも週三回はアポなしでやって来る。そうしてマシンガンのように一方的にまくしたて、大量に飲み食いし、家じゅうを詮索してまわる。

満足して帰る義母を見送ったあとは、紀枝は必ず疲れきって、この居間のソファに沈みこんでしまう。

——今日は朝から雨だし、来る確率は低いと思うけど。

そうひとりごちたとき、チャイムが鳴った。

紀枝の肩がびくりと跳ねる。

壁の時計を見上げた。午後四時半をまわったところだ。

無意識に眉根が寄った。

ああいやだ。世の主婦の多くが、夕飯の支度に取りかかりはじめる時刻ではないか。でもお嬢さま育ちで、家事のすべてを家政婦に任せてきた義母にはそんなこともわからない。わかろうともしない。

何時だろうといつだろうと、彼女は来たいときに来て、帰りたいとき帰っていく。そうして直之は、

「ごめんよ。うちの母さんはああいう人だから」

「子供と同じなのさ。言っても聞きゃしない」

と苦笑するだけだ。要するに「だから、きみが我慢してくれ」という意味だ。

――ああいやだ、いやだいやだ。

そう思いながらも紀枝はのろのろと立ちあがる。

壁のインターフォンモニタに歩み寄る。

母もわたしの年頃には、こんなふうに嫁姑問題に悩んだりしただろうか。そう考えてから、そもそも父方祖母の顔すら覚えていないと気づく。

いや、覚えていないのではない。

――思いだせない。

こんなふうに紀枝の記憶には、あちこちぽっかりと空白がある。いつもそうだ。思いだせない。まぶたの裏になにひとつ浮かんでこない――。

「はい、蒔苗です」

インターフォンのボタンを押し、紀枝は応答した。

モニタに玄関の風景が映っている。しかし訪問者の顔は見えなかった。カメラの死角に立っているらしく、肩しか見えない。体格からして女性だろう。

「……お義母さま？」

きっと違う、と思いながらも紀枝は呼びかけた。

そう、違う。義母ならば紀枝が声をかけるのを待たず、「わたしよ」と言うはずだ。

「わたしよ、開けて。開けてちょうだい」とまくしたて、紀枝が音声サービスアプリで玄関扉を開錠するまで騒ぎつづける。

——なのに、なぜだろう。

義母と同じほど、いやそれ以上に親しい誰かが来た、と感じる。

いつもの業者でもない。夫の秘書でもない。

しかし、知っている気がする。よく見知った誰かの声だ、と本能が訴えてくる。

そんな感覚を裏付けるかのように、インターフォンのスピーカーからくぐもった声が響いた。

「——ただいま」

その瞬間、なぜか紀枝は納得した。

ああ家族だ、と思った。

家族が帰ってきたのだ。早く開けてあげなければ、と。

だがそんなはずはなかった。

いま紀枝の家族は夫だけだ。この家で暮らすのは、彼女と直之の二人きりである。ほかにただいまを言う家族などいない。義母ですら「開けて」と言うだけだ。「ただいま」とは、さすがに言わない。

「ど、……どなたですか」

震える声で紀枝は尋ねた。

なぜか、うなじに冷えた汗が滲(にじ)んでいた。怖い、と思った。だがなにが怖いのか、なぜ怖いのかは自分でもわからなかった。

「どなた、ですか」

「わたしよ」

当然のように声が応(こた)える。

紀枝はいま一度「家族だ」と思った。確信した。

なのに声の主には、まるで心あたりがなかった。

家族の誰かだ、と脳が叫ぶ。なのに家族のうちの誰なのか、皆目わからない。インターフォンのモニタには、やはり女性とおぼしき肩が映っているだけだ。

「わたしじゃ、わかりません。な、名前、を……」

マイクにそう口を寄せた瞬間。

脳裏に古い記憶が、凄(すさ)まじい勢いでどっと押し寄せた。

紀枝はこめかみを押さえ、思わずその場にうずくまった。

頭が痛い。ずきずきと痛む。脈打つような激痛だ。疼(うず)くようなその痛みは、一瞬にして彼女を七、八歳の少女に立ちかえらせた。

――そうだ、あの日も。

紀枝は思う。あの日もこんなふうだった、と。

当時の彼女は、小学二年生になったばかりだった。

家はこんな洒落た洋館ではなかった。古びた平屋建ての借家だった。玄関用の芳香剤だろうか、甘ったるい匂いがいっぱいに満ちていた。確かラベンダーだ。ひどく人工的な香りで、大嫌いだった。

壁に吊られた、プラスティックの靴べら。上がり框に置きっぱなしの回覧板。柱には、アニメのシールを剥がした跡がいくつも残っていた。三和土に並ぶ紀枝自身のスニーカーはナイキの模造品だった。母のサンダルはくたびれて、ヒールが取れかけていた。

そんな家に、紀枝は一人だった。

留守番をしていた。

父は会社に、母はパートに行っていた。学校から帰って、母が帰宅するまでの二時間あまりを、当時の紀枝は毎日一人きりで過ごした。

そして、あの日。

――ただいま、おかあさんよ。

玄関戸の向こうで、紀枝はそう呼びかけられた。

――あけて。きえちゃん。

声の主はひどくやさしく、あやすように言う。

あきらかに母とは違う声だった。

――おかあさんよ。あけて。

その語調に、紀枝は絵本の『おおかみと七ひきのこやぎ』を連想した。留守番中の仔(こ)山羊(やぎ)たち兄弟を、飢えた狼が訪問する童話だ。

――だ……誰？

幼い紀枝は問いかえす。誰ですか、お母さんじゃないですよね、と。

――なに言ってるの。おかあさんよう。

――違います。うちのお母さんはそんな声じゃない。帰って。

――うふふ。おかあさんだってばあ。

古い借家の玄関戸は、木の格子に磨(す)りガラスを嵌(は)めこんだ引き戸だった。鍵(かぎ)は簡素な捻締錠(ねじしまりじょう)だ。

その頼りないガラス戸の向こうで、得体の知れないものがくねくねと蠢(うごめ)いていた。

――おかあさんだよお。

――違います。うちのお母さんは……。

ふたたび紀枝は童話を思いだす。チョークを食べて声をきれいにした狼は、母さん山羊を装って玄関戸の鍵を開けさせようとするのだ。仔山羊たちを、頭から食べてしまうために。

――おかあさんだよ。おかあさんだって、いってるだろおお。

――ちが……。

――あけろ。あけろあけろあけろあけろあけろ。あけろあけろあけろあけろあけろあけろあけろおお。このがきいいい、あけろおおおおおおおおおおおおおお。

幼い紀枝は後ずさった。

ガラスにべったり顔が押しつけられている。肌いろが見える。

ぎょろりと剝（む）いた瞳（ひとみ）が、磨りガラス越しに紀枝を睨（にら）んでいるのがわかった。その眼には、はっきりと悪意があった。

きびすを返し、紀枝は走った。食べられる、と思った。

何度も読んだ童話。狼と仔山羊。母さん山羊のふりをして〝魔〟は訪れる。仔山羊をむしゃむしゃ食べてしまうために。

紀枝は框に跳びのり、縁側を駆けた。襖（ふすま）を開けて仏間を抜け、そのまま奥にある自室へと走りこむべく障子戸を開けた。

そして、立ちすくんだ。

紀枝のベッドの上に、それが浮いていた。

畳に置いた子供用のベッドの真上に、ぽっかりと浮かんでいる。

それは紀枝を睨んでいた。黒目が上に寄った三白眼だ。なのに、見下ろされている、と感じた。瞳はまっすぐに紀枝を見つめていた。

つい先刻、玄関を開けけろと迫っていた〝魔〟だ。間違いなかった。理屈ではなく、彼女はそれを肌で悟った。

全身の産毛が逆立つ。舌が一瞬にして干上がる。

悲鳴を上げたいのに、声は喉の奥で固く凍りついていた。

そうして紀枝は――。

はっ、と紀枝はわれにかえった。

目をしばたたく。己の掌を見下ろす。

彼女の意識は、三十六歳の紀枝に戻っていた。

四年前に結婚し、仕事を引退して蒔苗姓となった紀枝に。

眼前にあるのは磨りガラスの引き戸ではなかった。畳に据えた子供用のベッドでもない。インターフォンのモニタだ。

あの陰気で湿った借家ではない。大理石の暖炉。らせん階段。飾り窓。温室の薔薇。

夫が希望どおりに建ててくれた屋敷だ。

そうだ、わたしはすべてを手に入れた。

あの二十年も前に、黴くさい平屋から飛びだした。出たはずなのに――。

――なぜまた〝魔〟がやって来たのか。

「帰って」

震える声で、紀枝は言った。

モニタの向こうにはまだ人の気配があった。彼女はインターフォンのマイクに口を寄せ、

「あなたなんか、知らない。帰って！」

叩きつけるように言い、切った。

モニタが真っ暗になる。

一瞬で外界と遮断され、紀枝はリヴィングに独りになった。

寒い。火炉であかあかと炎が揺れているというのに、全身に鳥肌が立っている。背すじがうすら寒い。

なかば無意識に己の腕を擦りながら、紀枝はため息をついた。

肺から絞りだすような吐息であった。

――いまのは、なんだろう。

幻覚？　幻聴？　なぜあんな過去を思いだしたの？

わたしは疲れているのだろうか。義母の存在が、それほどにストレスだったのか。

――人ならざるものなど、このわたしが視るわけがないのに。

そう。そんなはずはない。だってわたしに能力などない。霊感。予知能力。なにも持ちあわせていないと、自分が一番よく知っている。

やっぱり気のせいだ。

いまのはきっと、ただの訪問販売員か勧誘員だろう。ただいまと言われたように思ったのは幻聴だ。神経がすこし参っているだけだ。

ほんの数秒、記憶の扉がひらいた気がした。だがそんなのは錯覚に過ぎない。義母の存在を忘れて一晩ゆっくり眠れば、心も体も回復するだろう。

そう己に言い聞かせ、紀枝は振りかえった。

瞬間、息を呑む。

ソファの上で、紀枝が死んでいた。

紀枝はソファに仰向けになり、うつろな目を見ひらいていた。紫に変色した唇から、血がひとすじ垂れている。

あきらかに息をしていなかった。

肌は蠟のように白く、強張っていた。両の指は鉤爪のように曲がっている。死後硬直がはじまりつつある。瞳孔は濁り、いまにも死臭が漂ってきそうだった。

――わたしだ。

紀枝は思った。あれはわたしだ。

見誤るはずもない。わたしはわたし自身だ。

死んだわたしを、わたしが見下ろしている。わたしの死に顔を、わたしのこの眼が、いま見届けている――。

紀枝は絶叫した。

2

ときは十二月初旬。

「……はじめまして、蒔苗紀枝と申します」

と頭を下げたスーツ姿の女性に、はてどこかで見たような――と、森司は首をかしげた。

ところは雪越大学の部室棟であった。

もっとくわしく言えば、部室棟の中でもいっとう北端に位置する、オカルト研究会の部室である。

大学構内の最北端に建つ部室棟は、鬱蒼とした木々に囲まれて夏でもひんやり薄暗い。冬ともなれば凍える寒さだ。

とはいえオカ研の部室は、いつ来ても快適である。部長の黒沼麟太郎が二十四時間居座り、暖房をがんがんに効かせているせいだ。

部屋の隅では加湿器がフル稼働している。部屋の面積の約四分の一を占める長テーブルでは、冬季限定のチョコレートや焼菓子が山を成している。たまの来客さえなければ、菓子とコーヒーを楽しみつつおしゃべりする呑気なサークル、と言えなくもない。

壁に貼られた魔術師アレイスタ・クロウリーのポスターと、超自然現象に関する本がみっちり詰まった本棚だけが、かろうじてオカルト研究会らしい空気をかもしだしていた。

「学生さんは、年末はお忙しいですよね。お時間を取らせてしまってごめんなさい。わたしは進学しなかったから、そういう事情に疎くって……」

と申しわけなさそうに耳朶のピアスをいじる紀枝は、二十代後半に見えた。

かなりの美人である。くっきりした二重まぶた。猫を思わせる瞳。日本人離れした高い鼻梁。長身でスタイルもいい。

安っぽいパイプ椅子に座っていようと、斜めにそろえた脚の美しさにはいささかの翳りもない。高級そうなスーツは肩幅とウエストのフィット感からして、おそらくオーダーメイドだろう。

――そしてやはり、どこかで見覚えがある。

と森司が確信した瞬間、

「いやあ、まさかお会いできるとは思わなかった。光栄のいたりです」

にこにこ顔で黒沼部長が言った。

「じつはぼく、中学生のときあなたの大ファンでした。いまだにグッズも持ってますよ。よろしければあとでサインください、如月妃映さん」

如月妃映。

その名を聞いて森司は「あっ――」とちいさく声を洩らしてしまった。

あやうく彼女を指さしかけ、すんでのところでこらえる。森司の隣に座る鈴木瑠依もまったく同じ気持ちだったようで、急いで口を引き結んでいた。

そんな彼らに、黒沼部長はいち早く気づいたらしい。ご機嫌な笑顔のまま、如月妃映こと蒔苗紀枝をうやうやしく掌で示した。

「年末進行でばたばたしたせいで、事前に説明できなくてごめんね。あらためまして、こちら、あの如月妃映さんです。いまは引退してご結婚なさって、本名に戻されてるけどね。両角巧くんからのご紹介だよ」

ああなるほど、と森司は得心した。

霊能者タクミこと両角巧と雪大オカルト研究会は、以前にネットテレビの撮影を通してかかわったことがある。

きっと巧と如月妃映は、芸能界の中でも特殊な〝オカルト枠〟だったに違いない。しかし芸能人繋がりで紹介を受けるとは、わがオカ研も有名になったものである。

——如月妃映、か。そうか。

いまさらながら、森司は眼前の蒔苗紀枝をまじまじと見つめた。

言われてみれば、確かに彼女だった。森司が小中学生だった頃、大人気だったタレント占い師である。その美貌と、独特なエスニックファッションと、けして素を見せない神秘的なキャラクターでテレビ番組に引っぱりだこだった。

——確かはじめて見たのは、小五の夏……。

そう思いいたって、森司は驚いた。ならばいまの紀枝は二十代後半ではあり得ない。若く見えるが、どう見積もっても三十代なかばのはずだ。

しかし戸惑いが顔に出る前に、

「どうぞ」

白い手が伸びて、紀枝の前に湯気の立つカップを置いた。

灘こよみだった。部長が厳選した豆で、熱く濃いコーヒーを淹れるのはつねに彼女の役目である。

紀枝はこよみをしのぐ優雅な仕草で目礼を返し、コーヒーをひとくち含んだ。

「……美味しい」

と目を見張ってから、

「ああ、そういえばこちら、渡すのを忘れてました。不調法ですみません。『香茶堂』のキャラメルポワールです」

慌てたように、洋菓子店の化粧箱をテーブルに置く。

濃いコーヒーに合うと思うんだけれど――。そう紀枝が差しだした菓子は、旬のフルーツをあしらった高級そうなケーキであった。

最下層はぱりっと香ばしく焼いたタルト生地で、その上には洋梨のムースの層、ココアスポンジの層、ほろ苦いキャラメルムースと三層が重なっている。てっぺんには焦がしキャラメルが複雑な模様を描き、さらに洋梨のコンポートがたっぷり載っていた。洋梨はむろん、地元特産のル・レクチェだ。

「『香茶堂』のキャラメルポワールって、確か完全予約制で、並んだって買えないんですよね。いやあ、役得役得。如月妃映さんに会えた上、限定のケーキまで食べられるなんてばちが当たりそう」

と部長はこぼれんばかりの笑顔だった。諫(いさ)め役である従弟(いとこ)の泉水(いずみ)がバイトで不在なせいか、舌のすべりもいいようだ。

　こよみもテーブルに着いたのを機に、しばし全員でコーヒーとケーキを楽しむ。

　やがて部長は紙ナプキンで口を拭(ふ)くと、おもむろに言った。

「――ところで如月妃映さん。あなたの水晶占いでは、いま起こっている怪異の裏を見通せないんですか?」

と。

「ごめんなさい」

　紀枝は即座にかぶりを振った。

「元ファンと言っていただいたのに、これを言うのは心苦しいです。でも、正直に言わなければ話がはじまりませんね。かつてわたしがやっていた占いもどきは、すべて真似ごと――いえ、インチキでした」

　ためらいのない声音だった。

「占いどうこうは、生活のためにやっていただけ。わたしはただのつまらない人間で、予知能力や霊感のたぐいはゼロです。たまたま占い師に仕立てあげられ、たまたまうまくメディアの波に乗れただけの凡人なの。……幻滅しました?」

「いえ全然」

部長は笑顔で答えた。

「水晶占いや占星術はオカルトの基本ですが、じつはぼく、占いそのものはさほど信じてないんですよ。好きか嫌いかと問われれば、大好きですがね。だからあなた――いえ如月妃映さんのファンになったのも、占いの精度や真偽は関係ありません。妃映さんのキャラクターのファンだったんです」

「ありがとうございます。そう割りきってファンになってくださる方ばかりだったら、よかったんですけど……」

紀枝は苦笑してから、姿勢を正した。

「ではあらためて、本題に入らせてもらいますね。巧くんにはほんのさわりしか打ちあけませんでした。夫にもまだ相談できていない、おかしな話です」

「ええ、奇妙な話のようですね」

部長はうなずいて、

「――ご自宅でいつも、あなたが死んでいるんだとか。間違いないですか?」

「はい。そのとおりです」

紀枝は肯定した。

「そこまでにいたる流れは、いつも同じなんです。わたしが自宅で独りで留守番していると、チャイムが鳴って、誰かがインターフォンの向こうで『ただいま』と言います。夫でも義母でもない声で、聞き覚えすらない声なのに……。でもわたしはいつも一瞬、家族が帰ってきた、と感じるんです。ううん、すこし違うかな。なんというか――そう、帰ってきて当然の人が帰ってきた、というふうに」

どう説明したらいいのか、と言葉に詰まりつつ紀枝は言った。

「でも同時に、この人を入れたくない、とも感じます。……ごめんなさい、こんな説明じゃ伝わりませんよね。でも、そうとしか言いようがないんです。さっきも言ったけれど、わたしは霊感ゼロです。どんな心霊スポットに行こうが、お墓でばちあたりな撮影をしようが、なにひとつ感じたことはなかった。鳥肌ひとつ立ったことがなかったの。だからこそ、インチキ占いを図太く十年以上つづけていられたのに……」

と紀枝は自嘲してから、

「でもさすがに認めないわけにはいきません。ここ二年あまりのわたしは、変です。自分には霊なんて視えない、超常現象なんて起こるわけがない。ずっとそう否定していたけれど、もう無理。認めます。いまわたしのまわりで起こっていることは――どう考えても、普通じゃないわ」

言いきって、ふっと息を吐いた。

「ごめんなさい。話が微妙にそれました。怪異の話をしなきゃいけませんよね」

「ゆっくりでいいですよ」

部長が微笑む。

「あせらず、ご自分のペースでどうぞ」

「では、お言葉に甘えて……。ええと、どこまで話したかしら。ああそう、『ただいま』と言われて、わたしは扉を開けなければいけないような、開けたくないような、どうしようもなく奇妙な気分になります」

「それで、開けるんですか?」

部長が問うた。紀枝は首を横に振る。

「いいえ、開けません。玄関の扉を開錠したことは一度もないの。だって開けたら、きっとまた、昔みたいに——」

「昔?」

黒沼部長は問いかえした。

「昔、なにかあったんですか?」

「え?」

紀枝はきょとんとした。目をまるくして部長を見つめかえす。

「なにかって? ……え、なんのこと?」

芝居をしているようには見えなかった。たったいま発した自分の言葉を、まるで知覚していないらしい。

森司ははじめて紀枝を、すこし薄気味悪く思った。

——この人自身からは、さほど妙な気配はしない。

雪大オカルト研究会の中で、霊感がある部員は森司、鈴木、泉水の三人だ。

中でも一番能力が高いのは泉水だが、もし彼がいまここにいたとしても、きっと同じことを言うだろう。

――霊の気配は、ほぼしない。

でも、この人は変だ。森司は思った。どこと具体的に言えないが、なにかおかしい。黒沼部長も同じように感じたのか、

「すみませんでした。話を戻しましょうか」

とその場をかわした。

「あなたはその声の主を、家に入れない。入れたことはない。それでいいですね？　そのあと、あなたはどうするんです？」

「わたしは……それからインターフォンを切って、もとの場所に戻ろうとします。壁から離れて振りむく。……そしたら、わたしが死んでいる」

紀枝はこめかみを押さえた。

「死体の様子は、その都度まちまちです。ソファに仰向けになって死んでいるときもある。床に倒れているときもある。らせん階段から落ちたような恰好のときもあれば、浴槽で死んでいた日もあります。でも死んでいるのがわたし本人なことは、つねに同じ。このわたしが毎回、死んだわたしを見つけるんです」

「あのう、こんなふうに言うのは、失礼かもしれませんが……」

眉間に皺を刻んで、こよみが口を挟んだ。

「ある種の思考実験をそのまま映像化したような、悪夢的な光景ですね。哲学の『なぜわたしはわたしであるのか』問題のような」

「ああ、スワンプマン論法とかね」

と部長は同意し、

「もしくは落語の『粗忽長屋』か。長屋の粗忽者、熊さんが行き倒れの死体を抱えて言う台詞がまさにそれだ。『どうもわからなくなった。抱かれているのは確かにおれだが、死体を抱いてるおれは誰だろう』」

つぶやいて、直後に首を振る。

「いや、すみません。べつだん茶化したわけじゃないんです。そうじゃなく、迷宮のようなお話だと言いたかった。まさに哲学で論争されてきたような、他我問題にまで踏みこんでいきそうな、ひどくシュールな光景です」

「そういったむずかしいことは、よくわかりませんが……」

紀枝は声を落とした。

「でも〝迷宮のような〟というのは、わかる気がします。わたしも自分の死体を見るたび、いつも変な気分になりますから。いま生きてるわたしは、ほんとうに本物なんだろうか？　死んでいるほうがわたしじゃないのか。だったらさっき訪ねてきたのもわたしで、どこかで入れ替わったのかもしれないじゃないか——とね」

そう言って力なく笑う。

彼女の瞳に、森司は混乱を読みとった。あきらかに紀枝は困惑し、弱っていた。神経を削られている者特有の、不安定な目つきだった。

「ええと、いいですか。すみません」

森司はおそるおそる言った。

「ついさっきおっしゃいましたよね。『自分には霊なんて視えないのに。ここ二年あまりのわたしは変です』と。じゃあ二年もの間、怪現象に悩まされているんですよね？　こういう言いかたはあれですが……。よく、そんなに我慢できましたね」

「最初は、これほどひどくなかったんです」

どこかうつろに紀枝は答えた。

「わたしが家で〝死にはじめた〟のは、三箇月ほど前からです。……前の家にいた頃は、もっと曖昧でした。気のせいかしら、で済ませられる程度だった。部屋をうっすら女性の影が横切っていくとか、ベッドに寝た跡のようなへこみがあるとか、施錠した部屋に香水の残り香があるだとか。でもいまの家に越してからは、幻覚や幻聴では片付けられないほどに、はっきり視えるようになって……」

「ちょっと待ってください」

部長がさえぎる。

「前のお住まいでも、怪異は起こっていたんですか？　それがいまの家でも継続している？」

「ええ、そう」

紀枝はうなずいた。

「わたしが『家の空気が合わないみたい』なんて余計なことを言ったから、夫が二軒目の家を建ててくれたんです。それがいまの住まい。わたしの希望を全面的に取り入れた、すてきな家にしてもらえて、満足だったのに……」

森司は思わず鈴木と目を見交わしてしまった。

「に、二軒目ですか。お金持ちなんですね」

と急いで相槌を打つ。

だがまあ、そりゃそうか、と思った。売れっ子のタレント占い師だった如月妃映が、そのへんの庶民と結婚するわけがない。夫は青年実業家とか、IT長者とか呼ばれるたぐいの人種だろう。夫婦ともに、いわゆる殿上人というやつだ。

「ええ、夫の亡父がお金持ちだったんです。『マキナ』の創業者ですから」

さらりと紀枝は言った。

「存じてます。有名なドラッグストアですよね。甲信越の各地にチェーン店を持ち、つねに県内売上高ランキングのベストスリーに入る、あの『マキナ』」

部長の言葉に、紀枝が「そうです」と首肯する。

「夫は二代目でこそありませんが、義母と同じく役員です。六年前にわたしが『マキナ』のCMキャラクターになったことから知り合い、二年交際した末に結婚しました」

彼女は膝(ひざ)の上で、ぎゅっと拳(こぶし)を握った。

「でも、いくら夫が資産家の生まれと言っても、簡単にほいほい住まいを変えられるわけじゃありません。『この家も駄目だった』なんて……わたしからは、とても言えない」

「でしょうね」

森司は言った。そうとしか言えなかった。

紀枝はため息をついて、

「どうしてこんなことになったんでしょうか。……わたしには霊感なんてない。おかしなものなんて、いまさら視えるはずがないのに。なぜ……」

と頭を抱えた。

3

オカ研メンバー一同とともに蒔苗邸の前に立った森司は、

「おお、なんとこいつは洋館らしい洋館」

と感心した。

繊細な浮彫り(レリーフ)がほどこされた樫(かし)の扉といい、袖垣(そでがき)に絡まる蔦(つた)といい、屋根の上で南東を向いている青銅製の風見鶏(かざみどり)といい、西洋の古典児童文学から抜けだしてきたかのようだ。

邸内に一歩入れば優雅なシルエットを描くらせん階段があり、大理石の暖炉や猫脚のソファがあり、窓からは薔薇(ばら)の咲く温室が楽しめる。

とまあ見た目はクラシカルだが、実際には新築ほやほやで、全室に床暖房が付き、あらゆる家電とセキュリティは最新の音声サービスアプリに対応していた。

「民間警備会社とは契約されてますよね？　防犯カメラに、例の来訪者は映ってなかったんですか」

黒沼部長が問う。

「映っていませんでした」紀枝は即答した。

「音声データも、映像もありません。だからわたし、最初の二、三回は夢か幻覚だろうと自分に言い聞かせてました。しょっちゅう来る義母の応対がストレスで、神経がすり減っているに違いない、と」

「ほう。お姑(しゅうとめ)さんは、そんなに困った方なんですか？」

「困った、というか……」

紀枝は苦笑してから、

「相性がよくないんでしょうね、お互い」

とひかえめに認めた。

「誤解しないでください。べつに嫁いびりされてるわけじゃありません。ただ義母は規格外にマイペースな人でして、わたしがそれに付いていけないんです。義母のころころ変わる気分にも、あちこち飛ぶおしゃべりにも慣れないというだけ。夫は『聞き流せばいいんだよ』『母は正面に誰かいれば満足なんだから、聞いてるふりだけでいいよ』と言うんですが……。どうもわたしは、そういう演技が下手で」

その言葉に嘘はないようだった。

意外と真面目な人なのかな、と森司は考えた。元タレントだからてっきり器用で、うわべだけの対応にも慣れっこかと思っていた。

しかし「インチキ占い師だった」と正直に吐いた件も含め、紀枝は見た目に反して お堅く、自己批判が強めのタイプかもしれない。

——というか、自己評価が低いのか？

そう内心で首をかしげていると、

「旦那さんは、お姑さんを諫めてくれないんでしょうか？」

部長が紀枝に尋ねた。

「たとえば『そう毎日押しかけないでやってくれ』だとか『適度な距離を保つことが、嫁姑がうまくいくこつだ』だとか言って、お姑さんを牽制してくれたことは？」

「夫は、きつい言葉を言える人じゃないんです」

紀枝は言った。

「誰に対しても、やさしすぎるほどやさしい人です。お坊ちゃま育ちなのに、傲慢なところはかけらもありません。そういうところを好きになって、結婚したんですけれど……

…そうですね、義母への態度だけは、たまに歯がゆくなるときがあります」

彼女は首を振って、

「いえ、べつに義母を嫌いなわけじゃないんです。悪気がないことはわかっていますしね。ただ、さっきも言ったように、お互い相容れないというだけ。わたしの実母とも、義母はまるでタイプが違いますし」

「実のお母さまは、そういえばこちらへ訪ねていらっしゃらないんですか」

「ええ、来ません。——故人ですから」

紀枝の声のトーンが落ちた。

部長が頭を下げる。

「すみません。無神経な質問でした」

「いいんです。母はわたしが中学三年の夏に死にました。実家とはもう疎遠ですし、わたし側の親戚に悩まされる心配はないんです。——それより」

紀枝は部長に向きなおった。

「どう判断しました？　この家がおかしいのか。わたしにいまさら予知能力が芽生えたのか。それとも、わたし自身がおかしくなったのか」

最後のくだりは自虐のニュアンスで吐きだされた。

「いまの時点では、三番目の可能性は否定したいですね」

部長が首をすくめる。

「紀枝さんのお話は確かに不可解ですが、説明は理路整然としています。時系列の乱れもありません。それになにより、あなたはご自分に対しひどく懐疑的だ。ほんとうに〝危うい〟方というのは、もっと他罰的で決めこんだ話しかたをするものですよ。あなたのように、己を恐れて揺らいだりしない」

「そう……でしょうか」

紀枝は美しい眉をひそめて、

「では三番目はないとして——もし二番目なら、つまり一種の予知だとしたら、この家でわたしは死ぬ、ということですか？」

と言った。わずかに身を震わせる。

「それもまた、同じくらい恐ろしいことです。だってわたしが目にする死体は、いつだって自然死には見えませんから。口から血を流していたり、首が折れ曲がっていたり……。わたしはこの家で、殺されるんでしょうか」

「まだ、わかりません」

部長は答えた。

「ですが、一応お尋ねしますね。殺されるほどに恨まれる覚えはおありですか？　とくに女性にです。訪問者のアウトラインと、一致するような方に」

その問いに、紀枝はたっぷり数十秒考えこんだ。

「ある……と言えば、あります。〝如月妃映〟だった頃、わたしは何度もいい加減な占いをしましたから」

言いにくそうながらも認める。

「その占いを信じて人生を破滅させた方が、もしかしたらいるかもしれません。たとえば結婚や離婚に失敗しただとか、わたしが適当に言ったラッキーナンバーをもとに、投資して大損しただとか……」

「うーん、そういうのはさすがに自己責任だと思いたいですけどね。でもまあ理不尽な逆恨みをする人は世の中に間々いるから、あり得ないとは言いきれないか」

部長は顎を撫でた。

「ほかにお心当たりは？　たとえば旦那さんの元カノとか」

「それは、あり得ません」

紀枝は即答した。

「夫の女性関係はきれいなものです。一方的に想いを寄せる女性ならいるかもしれませんけれど。でも化けて出るほどに女性を勘違いさせるだなんて、あの夫に限って絶対にありません」

「信頼してらっしゃるんですね」

こよみが言う。

紀枝はほんのりと微笑みかえした。

「いい歳をして、ままごとじみたことを言うとお思いでしょう。でも夫はほんとうに、そちら方面にはお堅いんです。——亡くなった義父が反面教師になったんですよ。わたしと夫が出会ったとき、すでに義父は故人でした。そうとうに女癖の悪い人だったようでね。夫は『父のようには絶対にならない』といつも言います。それから『ぼくが母に強く言えないのは、父のことがあるからだ。父に苦労させられてきた母を見てきたせいで、無下にできないんだ』と」

なるほど、と森司は思った。

さっきから紀枝は、「義母を嫌いなわけじゃない」「悪気はないとわかっている」と、己に言い聞かせるように繰りかえす。

正確に言えば、紀枝はきっと義母を嫌いたくないのだ。夫の気持ちを容れたいから。そして義母に、同情できる余地が十二分にあるとわかっているから。

「八神くん、鈴木くん、どう？」

黒沼部長が振りかえり、尋ねた。

「このお宅に足を踏み入れてから、十分ほど経ったよね。なにか感じる？」

「あーっと……やっぱり蒔苗紀枝さんから、霊っぽい気配はしません」

森司は答えた。

「でもこのお宅からは、確かに変な感じがします。はっきりは言えませんが、なんかこう、もやもやっと……な？」

同意を求めて鈴木を見やる。

鈴木がうなずきかえした。

「ですね。なにか妙なものというか、執着がこびりついとる感じがします。うーん、でも悪意っちゅうほどのもんではないかなあ。毎回死体が視えるほどなら、もっと悪意や害意を覚悟して来たんですが――。それほどでもない、というか」

森司はうなずいて、

首をひねりながら鈴木は言った。

「おれも同じ意見です。けど、家に思いがこびりついてるなんて妙ですよね。新築ほやほやのおうちなのに」

「だねえ。ちなみに思いの主が生きてるか死んでるかはわかる？」と部長。

「たぶんですが、死んでいるかと」

「そっか」

部長は腕組みして、紀枝に顔を向けた。

「この屋敷が建つ前、この土地がなんに使われてたかってわかりますか？」

「ええ。以前から宅地でした。建っていたのは義父の、趣味用の別宅です」

「趣味用の……というと？」

「生前の義父はカメラ道楽だったようです。蒐集(しゅうしゅう)したカメラを陳列する部屋や、撮影スタジオ、現像用の暗室などがあったと聞いています。……モデルの女の人を、連れこむための場所にも使っていたとか」

後半は、紀枝には珍しい突きはなすような口調だった。声音にはっきりと軽蔑が滲んだ。

「だからいわくつきの土地と言われれば、ある意味そうかもしれませんね。でも、ちゃんと地鎮祭だってしたんですよ。義父の死に不審な点はありませんし、モデルの女性たちと揉めたらしき噂も聞きません」

「ふむ、そうかぁ」

部長はぐるりと室内を見わたしてから、

「でも前のお宅でも、多少の怪異は起こってたんですよね？」

と言った。

「さっき紀枝さんはおっしゃいました。『前の家にいた頃は、もっと曖昧でした。部屋を影が横切っていくとか、ベッドに寝た跡のようなへこみがあるとか、鍵のかかった部屋に香水の残り香があるだとか』――と。人に憑くんじゃなく、家に憑く霊らしいのに。うーん、不思議だな」

唸ってから、紀枝を見やる。

「すみません。今回のお宅が、前の住居と違う点を教えてもらえますか？」

「あ……ええと、そうですね」

紀枝は真っ先にらせん階段を指した。

「まずはあの階段です。わたしの子供の頃からの憧れだったので、夫に頼んで作ってもらいました。あとはキッチンコンロをＩＨからガスにしてもらったし、リヴィングから見える位置に温室を作ってもらって……。それから、ああそう、向こうの飾り窓」

ソファの背後に位置する窓を、つと指さす。

刹那(せつな)、森司の背がぴりっと波立った。

――あれか。

そう思って鈴木を振りむく。すぐに同意の眼差(まなざ)しが返ってきた。

間違いない、あの窓だ。

「部長」

森司は低く言った。

「あれです。窓――いや、窓に嵌(は)まってるガラスかな？　とにかく、あれで確定です」

部長が紀枝に向きなおった。

「あの窓に、なにかいわくはおありですか？」

「いわく……というか」

紀枝は戸惑い顔で答えた。

「あの飾り窓にはガラスじゃなく、水晶を嵌めこんであります。わたしが占い師を自称していた頃、使っていた水晶玉を加工してもらったんです」

「ほう、そりゃ貴重だ」

部長は満面に笑みをたたえ、嬉(うれ)しそうに窓まで走っていった。

嵌めこまれた水晶を、掌で撫でまわす。

「これはマニアにはたまらないお宝だなあ。一枚撮っていいですか？」

言うが早いか、スマートフォンを出してシャッターを切った。そしてファンの顔から瞬時に表情を切り替え、

「……水晶は東洋でも西洋でも聖なる石とされ、特別な力があると思われてきました。パワーストーンという名称はいまや一般的だが、その代表格も水晶ですね。古来から数珠やお守りとして用いられ、ヒーリング効果があると言います。心霊治療や、ダウジングにもしばしば使われる。しかしもっともポピュラーな使いみちは、やはり水晶占いでしょう。

オカ研の部室には長らく魔術師アレイスタ・クロウリーのポスターを貼ってますが、彼は金いろに輝くトパーズを愛用していたそうですよ。また近代魔術史ではクロウリーと並んで興味深い存在であるジョン・ディー博士も、水晶占いを重視していました。自分にはオカルト能力がないと自認していた彼は、専属の水晶占い人をつねにそばに置きたがった。ディー博士はスクライアーが水晶玉の中に視た天使を、カバラの知識で見分けることができたと言います」

立て板に水で、すらすらと部長はまくしたてた。

「それ全部、暗記してるの？　すごいのね。わたしなんかより、よっぽどくわしい」

紀枝が感嘆もあらわに言う。

彼女は己の二の腕を、無意識のように擦っていた。

「あのう、紀枝さ……蒔苗さん。失礼ですが、なんでまた占い師にならはったんですか？」

鈴木が問うた。

「すみません。でも占い師なんて、なろうと思ってなれるもんと違うな、と思いまして。それにご本人も予知能力はないと認めておられるのに、なんでそこを選択したんかなあ、と」

「いいんです。不思議に思うのが普通ですよね」

紀枝は鷹揚に受けて、

「スカウトされたんです」と言った。

「スカウト……」

「ええ。わたし、家出娘だったの」

こともなげな口調だった。

「当時は高校生でね。家から持ってきたお金なんて、すぐに尽きました。だから二十四時間営業のマックで、夜中に風俗の求人チラシを見ていたんです。絶対やりたくないけれど、やるしかないんだろうか――って。そうしたら、知らないおじさんに声をかけられました。『きみは、おれがいま練ってるコンセプトのイメージにぴったりだ。風俗やるくらいなら、おれに付いてきなさい』って。いかにもあやしいと思いながら付いていったら、ほんとうにあやしい恰好をさせられて、あやしい芸名を付けられて……。それが、事務所の社長でした」

「そりゃよかった。幸運でしたね」

思わず森司は言った。

紀枝が苦笑する。

「結果的に言えばね。でも最初のうちは、ギャラの九割を事務所に取られてたわ。さいわい仕事が増えていくにつれ、わたしの発言権も認められるようになって、引退間際は七・三まで引きあげられていたけれど。社長いわく『受ける占い師には二種類あって、一つはいかにも世間の荒波に揉まれてきた、親切そうなおばさん。もう一つは神秘的な猫目で、かつちょっぴり薄幸そうな細身の美少女。このどちらかしか需要がない』んですって」

「ははあ、なるほど。後者は如月妃映さんそのものですね」

部長が感嘆した。

確かに、と森司も思う。紀枝の特徴はなんといってもその大きな猫目だ。まるくて目じりがちょっと吊りあがって、見つめられると一瞬たじろぐような瞳である。

「でも、なんで家出なんて……」

そう部長が尋ねかけたとき、テーブルの上でスマートフォンが鳴った。

「玄関のドアが、開きました」

音声アプリが流暢にしゃべる。紀枝のスマートフォンであった。

「ああ、夫です。今日は帰りが早かったみたい」

森司は壁の時計を見上げた。

まだ午後の四時半である。一般社員なら帰れる時刻ではないが、役員ともなればタイムカードに拘束されることもないのだろう。

「紀枝、ただいま。……あれ、お客さんかな？」

入ってきたのは四十代とおぼしき、スーツ姿の小柄な男性だった。

けして美男子ではない。スタイルがいいわけでもなく、目立つなにかがあるわけでもなかった。しかし立ち居振る舞いが優雅で、なんとも言えぬ品格と清潔感があった。背後に、同じく小柄な老婦人を連れている。きっと母親だろう。

「母さんが会社に来ちゃってね。専務が『送ってあげなさい』と言うんで、お言葉に甘えてしまったよ」

言いわけのようにこぼしつつ、

「こちらは？」

と森司たちを目で指して問う。

だが紀枝が答える前に、いち早く黒沼部長が口を挟んだ。

「お邪魔しております。ぼくらは雪越大学の新聞部の者でして、如月妃映さんにいろいろ興味深いお話をうかがっていたところです。インタビューを申しこんだら、こころよく引き受けてくださったので……。あ、こちら名刺です」

ぺらぺらと述べたてて、名刺を差しだす。

電話番号とメールアドレスが刷られただけの、簡素な名刺であった。

「これはご丁寧に。蒔苗直之と申します。こちらは母の嘉子(よしこ)」

いたって愛想よく、直之は名刺の交換に応じた。

その背後になかば隠れるように、直之の老母および紀枝の姑(しゅうとめ)である嘉子が、じろじろと無遠慮に森司たちを睨(ね)めまわしている。

――いや、正確に言えばおれたちじゃないな。

森司は思った。

嘉子の視線は、こよみ、鈴木、そして紀枝の三者にのみ向かっていた。猜疑心(さいぎしん)に満ちた眼差しだ。加齢で灰いろがかった瞳に、はっきりと敵意が浮いていた。

「……あの、お義母(かあ)さま、お夕飯は食べていかれます？」

紀枝が尋ねた。しかし嘉子は彼女を無視して、息子の袖(そで)をぐいと摑(つか)んだ。

「ねえ直ちゃん。ママ、めまいがするわ」

唐突な台詞(せりふ)だった。

「たぶん糖分が足りないんだと思うの。低血糖よ」

直之が苦笑する。

「じゃあソファに座ってください。いま甘いものを持ってこさせます」

「ええ？　そんな気分じゃないわ。『壱葉パーラー』のパフェがいい。いまパフェの気分なの。だいたい、なんでこんなとこに連れてきたのよ。わたしが低血糖を起こしはじめる時刻だってわかってるでしょ？　あなたも気が利かないわねえ」

「やれやれ。またいつもの我儘ですか」

子供をあやす口調で直之が諫める。

「母さんが紀枝の顔を見たいって言うから、こっちへ寄ったんですよ？」

しかし嘉子は眉間に思いきり皺を寄せ、体を左右に振った。

「嘘よ。わたし、そんなこと言ってないっ」

まるきり駄々っ子の仕草だった。

「言ってないものは言ってないの！　だいたいあなたが、わたしを自由にさせないからいけないんじゃない」

「母さん、お客さんの前ですよ」

直之は困ったように眉を下げる。

「ああいえ、おかまいなく。ぼくらはすぐにおいとまします」

黒沼部長が手を振った。

「如月妃映さん、では本日はありがとうございました。とても有意義でした。お会いできて嬉しかったです。あ、お見送りは結構ですよ」

有無を言わせぬ早口で言い、礼をしてさっさとリヴィングを出る。磨きあげられた廊下を抜ける。

沓脱で、一同は急いで靴を履いた。

玄関ドアが閉まる音を背後に聞き、ようやくほっと息をつく。

「――はあ。なるほど強烈なお姑さんだ。しかし『実家とはもう疎遠ですから、わたし側の親戚に悩まされる心配はないんです』、か……」

部長がぼそりと言った。

「悩まされる云々なんて、ぼくはべつに尋ねちゃいなかったのにね。家出のくだりといい、われらが妃映さまは意外と苦労してきたんだな。……うーん、よけいファンになりそう」

4

そして蒔苗邸を出て三十分後。

森司は、百貨店『伊勢丹』の四階にいた。

一人ではない。こよみとともにバスに乗り、二区間走って現在にいたるのだ。クリスマスイヴに失くしたネクタイを、補充する名目のショッピングであった。

「でもまあ、べつに急いで今日決める必要はないよな」

わざとらしい口調で森司は言った。

「ただ今日は、ほら、遠出したついでだからさ。下見のつもりで、かるーい気持ちで寄っただけだから」

「そうですね。あくまで下見ということで」

こよみもひかえめに同意してくれる。

その返事に、森司はほっと胸を撫でおろした。

――よかった。

――だってすぐ買ってしまったら、今後デートする口実がなくなるじゃないか。

いや、わかっている。ネクタイを買い終えたとて、

「ありがとう。今日はすごく助かったし楽しかったよ。灘さえよければ、またこんなふうに二人で出歩けないかな」

さらりとそう誘えばいいだけなのだ。頭では重々わかっている。だがそんな誘い文句を簡単に吐けたなら、まる五年もの間、こうして片想いに甘んじるはずもない。

「下見は大事だよ」

「ですよね。お買い物は充分に吟味しないと」

「即決はよくないよな」

などと森司はこよみとうなずき合いつつ、紳士服売り場をうろうろと一巡、いや三巡ほど歩きまわった。

「というか、おれネクタイの良し悪しってぴんと来ないんだよ。派手すぎるのとかキャ

ラものが就活に向かないのはわかるけど、それ以外のどこを見て選んだらいいか、さっぱりだ」

箱入りのネクタイを手に取り、森司は首をひねった。

「だから灘のセンスで見つくろってくれないか。お父さんのスーツ姿を見慣れてるきみは、きっと目が肥えてるだろう」

「先輩のお父さまは、あまりスーツ着ないんですか？」

「いや着る。毎日着て出勤してたし、いまもしてる。でもまったく記憶にないんだ。父に限らず、基本的におれは男の服装に関心がない」

きっぱり森司は断言した。

「自分の服も、無難な色とデザインばっかりだしな。……なんでネクタイって、無地じゃ駄目なんだろう。いや無地も売ってることは売ってるけど、基本はなにかしら模様が入ってるよなあ」

シンプルなストライプならまだしも、なぜ水玉だのペイズリーだの難易度の高い柄ばかりなのだ——と眉根(まゆね)を寄せる彼に、

「じゃあ一見無地に見える、ヘリンボーンストライプはどうでしょう」

こよみが傍らのネクタイを手に取り、森司の胸もとへ当てた。

「杉綾織り(すぎあやおり)とも言って、光が当たると角度によって織りの模様が浮かびあがります。ネイビーが無難ですけど、先輩は雰囲気が柔かいからブラウン系も似合うと思うんですよ

ね。あ、でもこっちのボルドーも……」

だが森司は、しばし返事ができなかった。

――いい。

この角度から見下ろせるこよみちゃん、すごくいい。

ネクタイ選びに集中しているから無意識に距離が近いのもいいし、さりげなくボディタッチしてくれているし、おまけにこう、なんというか、シチュエーション自体がすごく新婚さんっぽくていい。

そうか、ネクタイの買い物にはこんな特典があったのか。

いまのいままで気づかなかった。これはやはり、今日一日で済ませてしまうのはもったいない。なにかと理由を付けて引き延ばし、何度もこの幸福を味わわねばならない。

と森司が内心で拳を握ったとき、

「お客さま。よろしければ鏡の前でお合わせください」

と丁寧かつビジネスライクな声がした。伊勢丹の女性店員であった。

「あ、いや、大丈夫ですから」

思わず引き攣った笑みで応えてしまう。

どうにも森司は、買い物中に店員に声をかけられるのが苦手だった。ついでに言えば、話し好きな美容師も苦手であった。

基本的に放っておいてほしいタイプなのだ。つい店員に気を遣いすぎ、帰宅後に激しい自己嫌悪に陥ってしまうからだ。だからしてこよみと一緒のときは、常の三倍も放っておかれたかった。

「こちらのお品なんかも、お若い方に人気があって」

「いや、ほんとに大丈夫なんで――」

言いかけたとき、店員の背後からひょっこりと白髪頭が突き出した。

「まあ、可愛いわあ！」

素っ頓狂な声だった。

思わず森司は瞠目した。こよみも同じリアクションであった。目を見ひらき、一歩後ずさる。それほどに意外な人物の登場であった。

――蒔苗紀枝の、お姑さんだ。

そして蒔苗直之のご母堂こと、嘉子である。

「まあまあ、あなたたちったらなんて可愛いの。初々しいわねえ。付き合いたて？　わかるわ、いまが一番いいときよね」

森司はぽかんとした。

この口ぶりからして、嘉子はさっき会ったばかりの彼らを覚えていないらしい。

こよみや鈴木を睨んでいたように思ったが、錯覚だったのか。それとも坊主憎けりゃ袈裟まで憎いのたぐいで、〝嫁の客〟が気に食わなかっただけか。

「彼氏さんにネクタイ選んであげてるの？　すてきね、見てるこっちがときめいちゃう。

高校生？　大学生？　可愛いわぁ。二人とも真面目そうで、純真で……」

「え、はい、どうも」

つい後ろに引きつつ、

「しかしご母堂はなぜここに」と森司は訝った。

蒔苗邸を出て一時間と経っていないはずだが——と思案しかけて、ああそうかと気づく。パフェとフルーツカクテルで有名な『壱葉パーラー』は、確かここ伊勢丹の最上階にテナントとして入っている。パフェパフェとせっつかれて、根負けした直之が連れてきたに違いなかった。

その刹那、着信音が鳴った。

「あら、わたし？　わたしのスマホね。ああ息子からだわ。ごめんなさい」

嘉子が不慣れな手つきでスマートフォンを扱う。

「え、いまどこだって？　ええとね、ネクタイとか売ってるところよ。上？　上に行けばいいの？　一番上の階？　やだ、それを早く言ってよ。駄目駄目、あなたが迎えに来てくれなきゃあ——」

大声で通話しながら、早足でネクタイ売り場を離れていく。

森司はこよみとともに、呆然とその背を見送った。つくづく紀枝も大変だな、と内心で同情する。姑があの調子では、そりゃストレスが溜まって当然だ。

「……じゃあまた後日、あらためて来ようか」

「そうですね」

脱力してしまい、森司たちは早々に売り場から離脱した。

案内表示に従って通路をたどる。エレベータの前で待つ。ひとつずつ下降するインジケータの光を目で追っていると、

「失礼します、お客さま」

と背後から声をかけられた。

今度はなんだ、と振りかえると、伊勢丹の制服をまとった女性店員がうやうやしい仕草で紙袋を差しだしていた。

「蒔苗家の大奥さまから、こちらをお預かりしております」

「え？」

「お渡ししろとのことでしたので。では」

一礼して店員が去る。なんだろう、と思いながら森司は紙袋の中身を覗きこんだ。

あきらかにネクタイと思われる平箱がおさまっていた。そして箱にも紙袋にも、見覚えあるマークが大きく刷られている。

かの男性向け一流ブランド、ダンヒルのマークであった。

5

その日のうちに森司は、部長を通して紀枝にコンタクトを取ろうと試みた。

むろん紀枝経由で、嘉子にネクタイを返してもらうためである。

しかし返答ははかばかしくなかった。部長からのＬＩＮＥは、

「蒔苗紀枝さんいわく、『わたしからそんな真似をしたら、お義母さまに叱られます。どうぞもらっておいてください』だってさ」

であった。

「そんな」森司は急いで返信を打った。

「もらえませんよ。こんな高価なもの」

「八神くんの気持ちはわかるけど、粘っても無駄だと思うよ。なんでかというと、ぼくの祖父母がまさにご母堂タイプだからね。無理に返したら、好意を無下にされたと思って間違いなく逆ギレしてくる。複雑だろうけど、ここはもらっておくのが吉だよ。まあ暴走車に撥ねられたとでも思って、あきらめて」

「そういうもんですか?」

「そういうものだよ。しょうがない、向こうにしてみたらきみたちが可愛かったんだから。可愛さのご褒美と思って、とっときなさい」

「はあ……」

森司はせめてもの反抗に、不機嫌顔な熊のスタンプを送った。納得いかない。それに、なんとなく気持ちが悪い。知らない人に物を買ってもらうとは、こんなにも落ちつかないものなのか。

「それより明日、紀枝さんがまた部室に来るよ」

スタンプを無視し、部長が嬉しそうに吹きだしを連ねた。

「いやあ役得。毎日お会いできるだなんて、ぼくってほんとラッキーな星のもとに生まれてるなあ」

翌日、森司は一コマ目の講義がはじまる前に部室へ向かった。

なにがなんでもネクタイを部長に押しつけ——いや、渡してしまう肚づもりであった。部長が紀枝にことづけてくれるかは知らない。ともかく、自分の手もとに置いておきたくなかった。

「おはようございます」そろそろと引き戸を開ける。

あにはからんや、部長はいなかった。

代わりにいたのは、ここ数日姿を見ていなかった黒沼泉水だ。

寝起きなのか、後頭部に派手な寝癖が付いている。部室の隅ではキャンプ用の寝袋が、脱皮した抜けがらのごとく皺々と横たわっていた。

「あれ、泉水さん。部長は？」

「研究室だ」

欠伸を嚙み殺しつつ泉水が言う。

「四年生がナトリウム廃棄に失敗した。どこかの手順でポカをやって、小規模爆発を起こしたらしい。その後始末に駆りだされてる」

「ば、爆発？　大丈夫なんですか」

「当の四年生は軽いやけどで済んだ。あとはドラフトが破損した程度だな。本家は揉み消し工作の活動がメインだから、破片で怪我する心配もない。というわけで、今回おれの出番はなしだ」

それはよかった、と言うべきか森司は迷った。

ひとまず当たりさわりのないところで、

「ああそうだ、今日は如月妃映さんがここに来るそうですよ。えーと、元占い師でタレントの――」

と話題を変えてみる。

「らしいな」泉水がうなずいた。

「こないだから本家があからさまに浮かれてる。あいつは昔、その如月なんとか嬢の写真集を買って、トレカまでコンプしてたんだ。ちなみに写真集は露出ゼロで、如月嬢が一ページごとに世界の民族衣装を着ていくという、レアなしろものだった」

「それはまた、マニアックな……」

相槌を打ってから、森司ははたと気づいた。

そうだ、部長がいないならばチャンスではないか。これさいわいと企みを口に出してみる。

「泉水さん、ネクタイいりません？」

「いる」

即答だった。

「もらえるものは拒まん主義だ。だが、なんでネクタイなんだ？」

「ちょっと事情がありまして。いえ、いつも車を出していただいてるんで、そのガソリン代とでも思ってください」

いそいそと森司は帆布かばんから平箱を取りだした。箱のマークを見られないよう、中身のネクタイだけ抜いて泉水に押しつける。そして目を見張った。

「に、似合いますね」

「そうか？」

「はい。あつらえたかのようです。やっぱりある程度の体格と貫禄がないと、品物に負けちゃうんだな。ていうか泉水さん、スーツって持ってます？」

「一応、一着だけな」

泉水は憂いを帯びた顔で言った。

「おれのサイズはレンタルにないんで、買うしかなかった。無念の出費だった」

「ではこのネクタイを、ぜひ役立ててください。同じブラックスーツでも、タイを替えればきっと印象が変わります。いやあ、駄目もとで言ってみるもの……」

語尾をかき消す勢いで、引き戸が開いた。

森司は反射的に、泉水のポケットへネクタイをねじこんだ。そして振りかえる。

そこに立っているのは、やや疲れた顔の部長であった。

背後に紀枝を連れている。

彼はずり落ちた銀縁眼鏡を押しあげて、

「あれ、八神くんもいたの？　ちょうどよかった、こよみくんもあとすこしで来るよ。……ああ、やっぱり部室はいいね。ホームタウンだ。とくにトラブルのあとは、わが家に戻ったように安心するよ」

と嘆息した。

森司が急遽淹れたコーヒーで一服したのち、

「昨日はすみませんでした」

と紀枝は丁寧に頭を下げた。

「まさか夫が、あんなに早く帰ると思わなくて」

部室にはこよみと鈴木も到着し、現部員の全員が揃っていた。

「旦那さんには、怪異の件は話してないんですね」と部長。

「ええ。でも普段なら、彼に隠しごとなんてしないんです。占いがインチキだったことだって、結婚前にすべて打ちあけましたから。でも今回のことは……あまり言いたくないんです。夫に無用な心配をかけたくありませんし、それに」

わずかに言いよどんだ紀枝に、泉水が言った。

「——昔、誰が来たんです？」

「え」

紀枝がぎくりとした。

泉水はテーブルを挟んで前傾姿勢になり、ゆっくりと彼女に語りかけた。

「今回のことじゃない。ここ数年でもないな。昔、誰かがあなたを訪ねてきたはずだ。誰です？」

確信に満ちた声音だった。

紀枝の顔が、見る間に色を失っていく。目線が泳ぐ。あきらかに動転していた。

「まあまあ」

部長が割って入った。

「いっぺんに全部は無理だよ。ひとつひとつ片付けていくとしよう。では紀枝さん、目を閉じていただけますか？」

「目を……ですか？」

紀枝が眉を曇らせる。

「大丈夫です。危ないことはなにもしませんから。ただ視覚というのは、一瞬にして膨大な情報を寄越してきますからね。視覚を遮断するだけで、脳のデータ処理容量に余裕ができる。要するに、記憶を呼び覚ましやすくなるんです」

「はあ……」

「ほら、夜ベッドに入って目をつぶると、その日に体験したいろんなことが思いだされてくるでしょ？　あれと同じです」

うながされ、紀枝はしぶしぶといった様子で目を閉じた。

パイプ椅子に深く座り、揃えた膝の上で両手を組む。

「力を抜いて、楽にしてください。リラックスして。ご自宅にいると思ってください」

部長の声は唄うようだった。

「さあ、あなたはご自宅にいて、チャイムの音を聞く。——あなたにはわかる。例の訪問者だ、と。さてあなたは、どうしますか？」

「わたしは……立ちあがって、インターフォンのモニタを見ます」

紀枝は言った。

「誰が映っています？」

「誰も。——いえ、肩が見える。たぶん女性です。『ただいま』と、声が聞こえてきます。だから家族かと、思うんですけれど……」

「けれど？」

「でも、違うわ。そんな……そんなわけ、ありません。だって家族は、わたしと直之さんだけ。義母の声でもない。だからわたしは『どなたですか』と訊きます。そうすると向こうは『わたしよ』と言うんです。まるで、わたしが戸を開けて当然みたいに……。わたしが中に通すと信じて、疑っていない声です」

「でもあなたは、ドアを開けない」

「ええ、開けません。だって――、だって」

ごくり、と紀枝の喉が動いた。

「大丈夫です」

部長がささやく。

「ここは安全です。なぜなら、ここはあなたのご自宅ではない。侵入される恐れはなく、あなたに責任はない。まわりにはぼくらもいます。ときには、他人に囲まれているほうが安心できることもありますよね？　それがいまです」

だから大丈夫、と念押しする部長の声に、紀枝の喉がもう一度上下した。

「だって――」

紀枝は呻いた。

「だって、昔もあった、から。昔も、同じようなことがあった。し、知らない誰かが、家族のふりを……。お母さんのふりをして、開けろって」

彼女の額には、脂汗が浮きはじめていた。

『おかあさんよ』って言うんです。『ただいま、おかあさんよ、あけて』って。でも、どう聞いたって、お母さんの声じゃないの。それに――お、怒ってる。戸は引き戸で、磨りガラスの向こうに、誰かが立ってるのだけ、見えた。ガラスに顔をくっつけて、『あけろ、あけろあけろあけろ』って。わたし、こ、怖くって」

紀枝の手がブラウスの裾を摑む。きつく揉み絞る。

「わたし、逃げたの。自分の部屋へ逃げた。わたしが昔住んでいた家は、古くて、和室ばかりで、どの戸も鍵がかからなかった。でもせめて、玄関から遠い部屋に逃げたかった。だから、自分の部屋へ――。そ、そうしたら」

「そうしたら?」

「ベッドの上に、あいつが浮いてた」

紀枝の声は、ほとんど聞きとれぬほど低かった。

「わたしはそれを、いつも思いだすの。思いだして、いつだってそこで、われに返る。はっと気づくと、わたしはいまのわたしで、インターフォンのモニタを見ている。『帰って』と叫んで、インターフォンを切って――。そしてわたしは、そのあと……死んでいる自分を見る」

唐突に、紀枝は目をひらいた。

「そうだわ。そういえば、わたしの死体はいつも、衣装を着ています」

「衣装？」

部長が問いかえした。

紀枝が勢いこんでうなずく。

「なにか違和感があると思ったら、それだわ。いまの家で死んでいるわたしは、いつもいまよりすこし若くて、局提供の衣装を着ているんです。占いをするときのベール付き衣装じゃなく、トーク番組やバラエティに出たときのスーツやワンピース。ああ、それから」

なぜか彼女は泉水に向かって言った。

「死体のわたしは、ブレスレットをしてます。お数珠（じゅず）みたいなかたちの、天然石のブレスレット。ああいうのはわたしの趣味じゃないのに。衣装だとしても、たぶん着けたことはないはず……」

「誰かの持ちものじゃないですか？　たとえば紀枝さんのお母さまの」

部長が尋ねる。

しかし紀枝は首を振った。

「いいえ、母は持ってなかった。見たこともない品です。そもそも母は、アクセサリーなんか着けない人でした。嫌いだったわけじゃなく、うちはお金に余裕がなかったの。母は苦労しどおしで、報われないまま、交通事故で突然に……」

白い頬が歪（ゆが）む。

「母のいない家は、つらかった。わたしの居場所がありませんでした。だから高校を卒業するのを待てず、家出したんです。──事務所の社長に拾ってもらえたのは、ほんとうに幸運でした。そりゃギャラは不公平だったけど、反社や風俗の世界に落ちないで済んだ。なによりも、結果的に直之さんと出会えました」

紀枝は肩を落とし、うつむいた。

「いま、わたしは、幸せなんです。幸せになったと思った。なのに、また〝魔〟がやって来た。……なぜなんでしょう。あれは、わたしに憑いているの？　わたしの死を予告しているの？　では昔のあれは、母の死を告げに訪れたんでしょうか。わたしも母のように、近いうちに死ぬと？」

「そう決めつけないでください」

部長は彼女を制し、泉水を振りかえった。

「ほかにもなにか視える？　泉水ちゃん」

「いや。すまんが、おれはここまでだ」

泉水は首を振った。

「おれは彼女とは相性がいいが、〝訪ねてくるやつ〟とはそうじゃない」

「おれのほうは、たぶん逆です」

鈴木が挙手して言った。

「蒔苗さんとはいまいちですが、ご自宅の窓のほうと波長が合いそうです。いえ、窓の波長なんて言うたらおかしく聞こえますな。正確には水晶と、ですね」

　彼は紀枝を見やって、

「あの窓に近づいたとき、なにかと共鳴しとるような違和感がありました。もしかしたら、そのブレスレットと違いますかね？　天然石のアクセサリーって、水晶が組みこまれることが多いやないですか」

「なるほど」

　部長が首肯した。

「見覚えのないブレスレットか。気になるね。紀枝さん、いま一度よく思いだしていただけませんか。まったく同じデザインでなくても、水晶のアクセサリーにお心当たりは？　もしくは水晶玉にいわくはないでしょうか」

「いわくと言われても……」

　紀枝は眉根を寄せてから、

「ああ」と膝を打った。

「『なにかと共鳴してる』とおっしゃいましたよね？　そういえば、水晶玉は三つあったんです」

「三つ？」

「ええ。同じ原石から三つ作ったの。ひとつは私が普段使いにして、ひとつは予備。最後のもうひとつは弟子にあげました」

「弟子というと、水無月真雪さんですね？」

さすが元ファンだけあって、部長は事情にくわしい。

「そうです」と紀枝は同意して、

「引退したとき、予備のぶんも真雪にあげました。そうしてわたしの愛用品は、潰してあの窓に嵌めこんだんです。……共鳴と言うなら、同じ原石から作った三つが呼びあうものじゃないでしょうか」

「ぼくもそう思うな。水無月真雪さんもいまは一線を退いておられますよね。まだ、ご連絡はとれますか？」

紀枝の弟子こと水無月真雪が占い師を引退したのは、今年の春だそうだった。結婚および出産のための、寿退社ならぬ寿引退である。

連絡は無事に取れた。しかし真雪はいたって歯切れが悪かった。

「わたしが譲った水晶玉はどうしたの？」

との紀枝の問いに、最初のうちは「孫弟子にあげた」と言っていたが、

「その孫弟子の名前は？」

「孫弟子はいまどこにいるの？　連絡先は？」

と重ねて尋ねると、

「わたしは師匠と違って十人近く弟子を抱えていたので、よく覚えてません」

「妊娠中だったせいか、記憶があいまいで……」

などと煮えきらない答えばかりが返ってきた。しまいには電話の向こうで赤ん坊の泣き声がしはじめ、紀枝もあきらめざるを得なかった。

「しかたないわね。じゃあ思いだしたら折り返し連絡をくれる?」

「わかりました」

しかし真雪から連絡はなかった。それきり一箇月近く、蒔苗紀枝からの依頼は進展を止めることになる。

6

そして時間軸は、ここで冒頭へと戻る。

ときは年末。

オカ研一同は両角巧のＬＩＮＥに導かれるかたちで、雪大近くのファミレスに集結していた。

四人掛けのテーブルを二つくっつけた席に、部長、泉水、こよみ、森司、鈴木、そして元副部長でＯＧの三田村藍(みたむらあい)が着いている。

「ということは、ついにあたしも如月妃映さんに会えるのね」

大皿のポテトをつまみつつ、藍がうきうきと言った。

「あの頃は年末進行がきつくて、オカ研の活動に参加できなくて残念だったのよ。呼びだされたってことはなにかあったんだろうから、こう言っちゃ不謹慎だけど、ちょっとラッキー」

「いやあ、それを言うならぼくのほうが不謹慎だよ。また妃映さまにお会いできると知って、思わず新品のブーツをおろしちゃった」

部長が笑顔で自分の足もとを指す。

「おい、浮かれるのはそのくらいにしとけ」

泉水が諫めた。

「表にハイヤーが停まったぞ。如月なんとか嬢のお出ましだ。本家、おまえはそのだらしなく緩んだ顔を、十秒以内に引き締めろ」

泉水の予想どおり、ハイヤーでファミレスに乗りつけたのは蒔苗紀枝であった。

ちなみにファミレスを指定したのは彼女自身である。

「主人や義母にバレたくないんです。なるべく蒔苗家の人たちとは、縁のないお店で集まりたいので」

「なるほど。人混みにまぎれるのがいい場合もありますもんね。でもなるべく、目立たない普段着でいらしてください」

との部長のアドバイスどおり、紀枝はグレイのニットにペンシルスカートという地味な恰好で現れた。ハイヤーで来た詰めの甘さは、まあご愛敬というやつだろう。

「すみません。いまうちには、わたしが運転できる大きさの車がなくて……。テスラもボルボも修理中なんです」

彼女はドリンクバーのメロンソーダを美味しそうに啜って、

「それに、巧くんを介してしまったこともすみません。その……すこし間が空いてしまったので、まだ皆さんが覚えてくださっているか、どうにも不安で」

と言った。

以前にも彼女に感じた「自己批判が強めで、自己評価が低そう」との思いを森司は新たにした。

元芸能人なのに偉ぶらないのは美点だ。しかしここまで来ると卑屈の域である。たかが学生の森司たちが、一箇月やそこら連絡が途切れたからといって、あの如月妃映を忘れるわけがない。

しかしそこには触れず、黒沼部長はにこやかに言った。

「進展があったそうですね。水無月真雪さんとご連絡が取れたとか」

「ええ。あの子がやっと白状してくれました」

ため息とともに紀枝が告げる。

「孫弟子に水晶玉を譲ったなんて、大嘘でした。……売ったんだそうです」

「売った？」

「そうです。占いのお客に、残りのふたつとも。お得意さまに乞われて、あの子ったら言い値で売りつけたんです」

吐きだすような口調だった。

「失礼ですが、水無月さんはタレントとしては成功しませんでしたからね」

部長がうなずきながら言う。

「彼女はテレビじゃなく、占い師の活動がメインだった。そのわりに派手……いえ、華やかな方でしたから、イメージを保つための資金繰りに苦労したんじゃないかな」

「そこまで見破られては、形無しですね」

と紀枝は苦笑して、

「買いとったお得意さまの名は、桁橋理都子さんだそうです。はっきり言いますが、真雪もわたしと同じで特殊能力なんかありません。ただあの子はわたしより、いくらか頭がよかった。すくなくとも顧客を喜ばせる才能に長けていました」

「ほう。水無月さんは、桁橋さんをどう喜ばせたんです？」と部長。

「彼女が望む作り話をしてあげたんです」

ためらいなく紀枝は答えた。

「事務所の社長がよく言っていたものです。『占い師は、マイルドな詐欺師だ』と。結婚詐欺師は美しい恋愛の夢を見せて、金品を巻きあげる。振り込め詐欺は〝頼られる自分〟という夢を被害者にいっとき見せてやる。インチキ占い師も、やっていることはほぼ同じだ。巻きあげる金が少額で、お互い納得ずくだから訴えられないだけだ——とね。そんな社長の教えを、真雪は忠実に守る子でした。顧客のニーズを正確に把握し、かつ見抜き、『水晶で視えた』と、相手が望む未来を語り聞かせることでお得意さまを摑んでいました」

紀枝はいったん言葉を切って、

「でも真雪には、残念ながらストーリィテリングの才能はなかった。いくら顧客の望むままと言っても、無数の〝幸福な未来〟を産みだすことはむずかしいですから」

と言った。

「つまり、ネタ切れを起こしたわけだ」

部長が新たなポテトをつまむ。

「おおよそ読めてきましたよ。不幸のパターンはいくつもあるけれど、幸福のパターンは似たりよったりですからね。もしかして水無月さんは、身近にあったシンデレラストーリィを参考にしたんじゃないかな」

「お察しのとおりです」

紀枝はまぶたを伏せた。

「真雪はお客さまの何人かに、このわたしの半生を流用し、そのまま語り聞かせていた。とくにわたしと同じく実家と縁遠くて、それゆえ苦労してきた女性客にね。……桁橋理都子さんも、その一人でした。真雪は彼女に、繰りかえし語ったそうです。わたしの夫の風貌と地位を、わたしが住む家の外観を、『水晶玉に映ったあなたの未来です』と吹きこみつづけたんです」

「水無月さんの本拠地は東京ですしね。かたやあなたは、東京から新幹線で二時間かかる地方都市にいる。そうそうバレやしないと踏んだのかな」

「でしょうね」

　紀枝は視線をはずした。

「でも真雪は、わが家についてくわしく話しすぎました。直之さんは『マキナ』の創業者の息子ですから、企業情報誌や経済ビジネス誌から、しょっちゅうインタビューの依頼が来ます。インタビューに直之さん自身の写真は百パーセント載りますし、妻であるわたしと自宅で撮ることも珍しくありません」

「では桁橋さんはそのどれかを見て、気づいたわけですね。水無月さんからいつも聞かされていた〝未来〟のイメージの出どころを。普通ならそこで冷めるか、落胆するか、怒るかだと思いますが……」

「ええ。桁橋さんは、そのどれでもなかったようです」

　紀枝は低く認めた。

「逆に彼女は、未来のビジョンへの執着を深めてしまった。いえ、正確に言えばわたしにです。面映ゆいですけど、もともと桁橋さんは真雪でなく、わたしのファンだったようなんです。だからこそ弟子の真雪のもとへ通い、上客になった……」

「なるほど。桁橋さんにしてみたら、如月妃映さんに似ること、同じ花道をたどることは大歓迎で、むしろ本望だったわけだ」

部長はテーブルで指を組んだ。

「こんな言いかたは傷口に塩かもしれませんが、紀枝さん。現役時代のあなたは、ご自分で思っている以上にカリスマ性がありましたよ。その証拠に、桁橋さんのその話を聞いても、ぼくはちっとも驚けない。あなたをスカウトした事務所の社長は、じつに慧眼だった。時代のニーズをわかっていた。サブカル好きで、現実といまいち折り合いが付けられなくて、〝自分ではないなにものか〟になりたかった当時の少年少女に、あなたのキャラクターはすごく刺さったんです」

「わたしの……というより、事務所が作ったキャラクターですけどね」

紀枝は薄く苦笑し、

「でも、そうですね。時代にうまくハマったのは事実のようです」

とひかえめに肯定した。

「ともかく桁橋理都子さんは、真雪の占いに失望しませんでした。それどころか、さらにのめりこんでしまった。……真雪が言っていました。『桁橋さんが語った生い立ちが、師匠——わたしのことです——の過去によく似ていて、年齢も同じだからよけいに重ねてしまった。そのせいで師匠について、くわしく話しすぎました』と。失敗した自覚があったから、なかなかわたしに言いだせなかったんです」

「おまけに水無月さんは、その桁橋さんに水晶を売ってしまったんですからね」

「ええ。あの子には謝られました。結婚資金に当てたかったんだとか」

紀枝が苦にがしげに言う。

藍がそこで口を挟んだ。

「桁橋さんは、いつ頃からお弟子さんの占いに通っていたんです？」

「三年ほど前からだそうです。わたしが引退したあとですね。そして水晶を彼女が買いとったのが、約一年半前」

「すこしでも紀枝さんに――いいえ、如月妃映さんに近づきたくて買った、ということですよね？」

こよみが問う。

「そのようです。真雪が『これは師匠から譲り受けたものだ』と洩らした途端、『是非とも買いとりたい』と言いだしたそうですから」

つづけて紀枝は語った。

真雪は結婚後も上客と親交をつづけていたこと。彼女たちだけは特別に、プライベートで占ってやっていたことを。

「なのに桁橋理都子さんと、唐突に連絡がとれなくなった。SNSの更新も止まりました。不審に思った真雪が、彼女の名で検索してみると――」

「亡くなっていた？」

「ええ、轢き逃げだそうです。いまから三箇月前でした」

「そっか。水無月さんにしてみたら、罪悪感が幾重にも重なったわけだ。占いでの失態。その相手に、師匠からもらった水晶玉を売ってしまった事実。さらに事故死という悲惨な結果。いくら能力がないとはいえ、占い業界の端くれにいる人間なら、どうしたって因果を感じますよ」

　部長はむずかしい顔で腕組みした。

「そのお話を、水無月さんから聞けたのはいつです？」

「一昨日です。こんな言いかたはあれですが……さすがに腹が立ちました。誰かに吐きだしたかったけれど、夫に言うわけにはいかないし、間が空いてしまったのでみなさんに連絡を取るのも気が引けて……。そこにちょうど巧くんから連絡があったので、彼にすこし愚痴ってしまいました」

「だから彼がぼくらにコンタクトを取ってくれたのか。いい子ですね」

「ええ」

　紀枝は同意してから、鈴木をちらりと見た。

「先日、そちらの方が『わたしの水晶玉と共鳴しているなにかがある』と言いましたよね。そして三つの水晶玉のうち、ふたつを買った方が死んだ。……とても偶然とは思えません」

「ですよね。ぼくが紀枝さんの立場だってそう思う」と部長。

「それに『桁橋さんの生い立ちが、紀枝さんの過去によく似ていた』というのが引っかかるな。具体的に、どう似ていたのかお聞きしました？」

「くわしくは訊いていません。ただ彼女も、わたしと同じく十代のうちに実家を離れたようです。占いはカウンセリングとどこか似ていますが、個人情報のすべてを詳細に明かすお客さまもいれば、ぼかしてしか語らない方もいます。後者は、心の傷がとくに深い方がたですね」

「そうして桁橋理都子さんは、後者だった？」

「そのようです」

「ふうむ」部長は唸ってから、

「では桁橋理都子さんのSNSアカウントをご存じですか？」と訊いた。

バッグから愛用のノートパソコンを取りだす。

「すくなくとも水無月さんは知ってますよね。桁橋さんの更新が止まったことを把握してたんだから。ま、ひとまず実名で検索してみましょう。運がよければ、事故の記事もキャッシュが残ってるかも」

「あたし、インスタを検索してみる」藍が挙手した。

「ではわたしはフェイスブックを」とこよみ。

「じゃあぼくは記事を探そう。ほかのSNS、とくにツイッターは匿名性が高いから検索しても無駄っぽいね。検索してわからなければ、あきらめて水無月さんに問い合わせようか」

しかしさいわい十分足らずで成果は出た。轢き逃げ事件の記事、ならびにフェイスブックのアカウントが見つかったのだ。

「じゃあぼくから読みあげるよ」

部長が眼鏡を指で押しあげた。

「九月の記事だね。えー、『Y県横松市の県道で8日未明、桁橋理都子さん（36）が車道で死亡しているのが見つかった。横松署によれば8日午前2時前、県道を車で走っていた男性から〝黒い塊に乗りあげた〟と一一〇番通報があった。駆けつけた警官が確認すると、桁橋さんはすでに冷たく、男性が轢く数時間前に死亡していた。現場は片側一車線の直線道路。警察は轢き逃げ事件と見て、逃げた車の行方を追っている』……か。お気の毒に」

「こちら、フェイスブックには桁橋さんの自撮りがアップされています」

こよみが携帯電話の画面を向けて言った。

「見てください。如月妃映さんに似ていませんか？」

覗きこんで、森司は「確かに」と思った。

蒔苗紀枝に、ではない。あくまで如月妃映にだ。髪型もメイクも、現役時代の彼女によく似ている。

ただし本物よりだいぶ小柄な上、十キロ以上は痩せていた。髪にも肌にもつやがなく、目が落ちくぼんでいる。病気か、もしくは摂食障害を疑わせる外貌だった。

「この人、知ってます」

理都子の画像に、紀枝が呻いた。

「いえ違う。知ってるというか——どこかで見たことがあるの。でも、どこでだったか……」

「もしかして、以前の家で見かけた幽霊では？」泉水が言った。

「ここにいる従兄から聞いたが、あなたは前の家で〝部屋を横切っていく女性の影〟を見たそうだ。この女性じゃないですか？」

「ああ、そう。そうだわ」

紀枝が愕然と目を見ひらく。まじまじと泉水を見つめる。

「でも、どうしてわかったの。あなた、わたしの心が読めるの？　もしかして前に言っていた〝波長が合う〟とか〝相性がいい〟って、そういうこと？」

泉水は答えず、部長に携帯電話の画面を指し示した。

「見ろ、本家」

「ほんとだ。桁橋さんは数珠みたいな自然石のブレスレットを着けてるね。きっと水晶だ。紀枝さんも見てください。あなたが窓に加工したように、彼女は水晶玉をこのブレスレットに変えたんじゃないかな」

「ああ」

紀枝はいまや、頭を抱えんばかりだった。

「その通りだと思います。確かにこのブレスレットだわ。——じゃあ、わたしの顔をして死んでいたのは、この人なの？　前の家に出た霊も、この人？　訪ねてきたのも？　全部が同一人物なんですか？　……もう、わたし、わけがわかりません」

「正確に言えば、前のおうちで視たのは彼女の生霊じゃないかな」

部長が言った。

「桁橋さんが亡くなったのは、つい三箇月前ですから。そういえばいまの蒔苗邸が完成したのは、いつ頃です？」

「五箇月前に、入居したばかりです。でも……ああ、それなら」

困惑をあらわにする紀枝を、森司は凝視した。

いまのいままで、紀枝からはなにも感じなかった。おかしなものが憑いている気配は、微塵もなかった。

だがいまの彼女は違う。なにかと同調しはじめている。

いや、鈴木の言葉を借りるならば共鳴か。自宅から——おそらくは窓の水晶から連れてきたものを、認識して受け入れはじめている。

「それなら、わたしが子供の頃に見たあれも、彼女？　お母さんのふりをしてやって来たあれも、彼女なの？　でもそんな、まさか——」

「違います」

泉水が冷静にさえぎった。

「桁橋理都子さんは、あなたと同い年だ。そんなはずはない。……もう思いだしましょう。あなたの中で〝訪ねてくるもの〟がごっちゃになっているせいで、よけいな混乱を生んでいる。ちょっと失礼」

ためらわず、彼は身を乗りだして紀枝の右手を握った。

紀枝の肩が、びくんと大きく震えた。

見ていた森司が、一瞬ぎょっとするような震えだった。だがさいわい、周囲の客は気づかなかったらしい。

とろり、と紀枝のまぶたが眠そうに落ちた。

すぐ隣の藍が、心配そうに彼女を覗きこむ。

直後、紀枝の目がふたたびひらいた。

微妙に焦点の合わない眼だった。その瞳(ひとみ)には、なにも映っていなかった。

泉水は低く言った。

「──霊では、なかったはずです」

ささやくような声だった。

「おれは超能力者じゃないんでね。あなたの心までは読めない。この程度の手助けしかできない。だが波長が合うぶん、多少はわかるんです。あなたの中に長年巣食ってきたそれは、霊じゃない。幼いあなたが留守番しているとき、訪ねてきたそいつは、生身の人間だったはずだ」

「ええ」

曇りガラスの瞳のまま、紀枝はうなずいた。

「あれは——あの人は」

抑揚なく彼女は言った。

「父の、愛人でした」と。

そしてつづけた。あの記憶は、父の不倫相手が心を病み、わが家を襲撃したときの記憶でした——と。

「ああ、そうです。思いだした。……あれは、あの人は、首を吊ったんです。わたしの部屋で、わざと」

強いショックを受けると、記憶は時間軸を飛ばしがちだ。

幼い紀枝が玄関から逃げ、自室へ逃げこむまで、実際はもっと長いタイムラグがあった。

その隙に、父の愛人は窓を割って侵入した。

そして当てつけのように、子ども部屋を狙って首吊り自殺したのだ。

ベッドの上に浮いていた——。そう紀枝の記憶に焼きついた女の姿は、現実には、無残な首吊り死体だった。失禁し、鼻汁を垂らし、白目を剝いていた。その白目を、幼い紀枝は自分を睨んでいるように錯覚した。

「母の、実母の事故死も……父のせいです」

わななく声で、紀枝は言った。

「愛人の自殺騒動のあとも、父はすこしも反省しなかった。母もまた、精神を病みました。母の死は事故で、自殺でこそなかった。けれど不眠が昂じた末に、夜中にふらっと出ていって、車に――」

見ひらいた眼に、ゆっくりと涙が溜まっていった。

「父は、すぐに再婚しました。母の四十九日も明けないうちから、次の女を家に引っぱりこんで籍を入れた。後妻はわたしを、無視しました。透明人間みたいに、いないもののように扱った。あの家に、わたしの居場所はありませんでした。でも、それだけなら、まだよかった」

頬がかすかに引き攣る。

「後妻の弟が、家に入りびたるように、なったんです。いえ、ほんとうの弟かはわかりません。でもそいつが、わたしに付きまといはじめた。その頃わたしは高校生で、何度も身の危険を感じました。でも……でも父は、なにもしてくれなかった」

「だから、あなたは家を出た」

部長が言った。

「自分の身を守るには、高校卒業を待っていられなかったんですね。だがあなたは幸運だった。身を堕とすことなく、事務所の社長に拾われて救われた。――なるほどね。そういう意味でも、あなたの半生はシンデレラストーリイなんだ。蒔苗直之氏と出会って、玉の輿に乗ったというだけじゃない。こんなことを言いたくはないが、あなたと似た境遇にいた少女の九十九パーセントが、救われることなく身を持ち崩していったはずだ。あなたの強い波動とカリスマ性に惹かれたファンの中には、そんな〝元少女〟たちが一定数いたはずです」

「だな」

泉水が首を縦にした。

「自覚はないようだが、この如月嬢――じゃなかった、紀枝さんはそうとうに強い。能力はゼロだが、本来なら、なにものも寄せつけないほどに強い。人生の土壇場で運が良かったのも、その余波だろう。そのエネルギーは無意識に他人を、とりわけ同類を惹きつける。だからいったん波に乗りさえすれば、たいていの悪意や悪運は彼女を避けて通るんだが……」

そこで言葉を切り、泉水は鈴木を見やった。

「おい鈴木、席を移動しろ。彼女の左手を握れ」

「え？　あ、おれですか？」

鈴木が目をしばたたいた。

泉水が首肯する。

「そうだ。紀枝さんはいま弱ってる。桁橋理都子がすべり込める〝隙〟ができつつある。

残念ながら彼女にはなんの力もないからな。桁橋理都子と相性のいいおまえが、外に流してやらなきゃパンクしちまう」

急いで鈴木は、藍と座席を交換した。彼女の左手を握る。

同時に、今度は鈴木の肩がびくりと跳ねた。

先刻の紀枝よりも、もっと大きな反応だった。

鈴木の首がうなだれ、テーブルに突っ伏す。しかし彼の手は、さいわい紀枝から離れなかった。

森司は片目をすがめた。なんだかやけに、世界が明瞭に見えた。

視界だけではない。指さきにいたるまで、五感のすべてがクリアだった。

鈴木を覗きこもうとする部長を制して、

「大丈夫」

と彼は言った。

「大丈夫。――大丈夫です。鈴木、いいぞ。泉水さんの言うとおりにすればいい」

あやすように、森司はつづけた。

「流せばいいんだ。大丈夫、なにもおかしくなっていない。――問題ない」

しばし、沈黙があった。店内のゆるい喧騒だけが、空気を揺らす。

たっぷり一分近い間ののち、テーブルに顔を伏せたまま、鈴木が言った。

「……ただいま」

細い声だった。あきらかに、鈴木自身の声音ではなかった。

「ただいま。わたし……わたし……、ただいま」

「桁橋理都子さん、ですね？」

部長が問うた。鈴木の頭が、こくりと動く。

「わたしは……いえ、違う、ただ……」

長い静寂があった。

たっぷりと一分近い沈黙ののち、理都子は言った。

「ただ……うちに、帰りたかった。それだけ。ただいま。わたしの家。わたしの……」

「如月妃映さんは、あなたにとってなんなんです？」

部長の問いに、ゆっくりと鈴木、いや理都子は顔を上げた。

その目が、まっすぐに紀枝をとらえる。

「あなたは、わたし」

揺らぎのない声だった。確信に満ちていた。

「あなたは……、なりたかった、わたし。そうなりたかった……わたしが、手に入れられなかったものを、すべて手に入れた、わたし。わたしは、あなたになった」

「そう。あなたは如月妃映さんと自分を同一視した」

部長はうなずいた。

「彼女はマスコミに、己の生い立ちを語ったことはない。だがあなたにはわかった。感じるもの、通じるものがあった。だから彼女に吸い寄せられた。そしてあなたの妄想を、彼女のお弟子さんがさらに裏打ちした」

「わたし……わたしは、あなた。あなたと、同じ」

理都子は紀枝だけを見つめていた。

「……でも、わたしは、痛かった。痛くされて、何年も、何年も、痛くて、やっと、家から逃げた。逃げたあとも、やっぱり、痛かった……。痛くなかったあなたとは、違う。——だから、あなたになりたかった。……わたし、あなたに、なった……」

森司は思わず呻(うめ)きそうになった。

これは、性的虐待の告白だ。

後妻の弟に付きまとわれた紀枝は、被害がその身に及ぶ前に逃げた。だが理都子は逃げられなかった。

おそらくは紀枝と違い、もっと早いうちから虐待がはじまった。逃げられる年齢ではなかったのだ。

「わたし、あなたになった……。あなたになった。あなたのメイク。あなたの服。あなたの、水晶。……あなたのおうち。あなたのおうちは、わたしのおうち……」

「彼女の自宅を、あなたは訪ねたんですね」

部長はささやいた。

「まずは生身の姿で見学に行ったはずだ。結果、あなたの彼女への同一視はさらに強まり、生霊を飛ばすまでになった。紀枝さんは美しく、強運だった。裕福でやさしい夫。何不自由ない暮らし。そしてなにより、安らげる家を手に入れた。彼女と自分を同一視すればするほど、あなたは幸福になった。その夢から——覚められなくなった」

「……ただいま」

理都子はうつろに言った。

「ただいま。……ただいま。わたしの家。わたしのおうち。……でも、いなくなった。べつの家。べつの家が建った。だから、わたし——ただいま」

「そうです。蒔苗紀枝さんは、引っ越した。新しい家に移り住んだ。その後のことは、覚えていますか？」

「……わからない……。わたし……ただいま。ただいま。ただいまただいまただいま。ただいまただいま。ただいまただいまただいまただいまただいまただいまただいまただいまただいまただいまただいまただいまただいまただいま」

理都子の、いや鈴木の体が揺れはじめた。

音を立てんばかりにがくがくと前後に揺れる。首がのけぞり、口がぽっかりと開く。

泉水が腰を浮かせた。

だが藍のほうが早かった。彼女は立ちあがって身を乗りだし、平手で思いきり鈴木の横っ面を張った。

凄(すさ)まじい音がした。

一瞬、店内が静まりかえる。

慌てて森司が振りむくと、店じゅうの視線が集中していた。客も店員も、あっけにとられた顔でこちらを見ている。

「ああ、すみません。ちょっと彼、酔っちゃって」

部長が作り笑顔で手を振った。

「真っ昼間から、ほんとしょうがないですよね。変なこと言いだすから、手荒な突っ込みが入っちゃった。どうもどうも、お騒がせしました」

なんだ、といった様子で客たちがいっせいに目をそらした。

ゆるりと喧騒が戻る。それぞれの会話に戻りはじめ、店員たちがふたたび業務に戻っていく。

「ご、……ごめんね。鈴木くん」

藍が両手を合わせて謝罪した。

「いえ……」

張られた頬を押さえて、ゆっくりと鈴木が姿勢を戻す。

その瞳は、すでに正気だった。鈴木自身の眼差しだ。ただし頬はみるみる真っ赤に腫れあがりつつあった。

冷めたおしぼりを彼は自分の頬に当て、

「藍さんで、よかったですわ。……もし泉水さんに思いっきりどつかれてたら、首の骨が折れとったかも……」

「だな。藍で正解だった」泉水が同意した。

「おれじゃ咄嗟に手加減できなかったかもしれん。さすがだ藍」

「来た意義がちょっとはあったわね」

と苦笑する藍に、

「藍さんの存在は、いつだって意義と価値に満ちています」

こよみはそう断言してから、部長に顔を寄せた。携帯電話の画面を見せ、なにごとか耳打ちする。桁橋理都子のSNSが表示された画面であった。

「紀枝さん」

いまだ呆然としている紀枝に、部長が向きなおる。

「重ね重ね失礼ですが、……旦那さんを愛しておられますよね？」

「え？　ええ、もちろんです」

紀枝は目を瞬かせた。

部長が眉を下げ、言葉を継ぐ。

「ではぼくらはこれから、あなたにとって酷な事実を告げてしまうかもしれない。真実をお知りになりたいですか、それとも……。先に一応、あなたのご意見を聞かせてください」

7

直之が帰宅したのは、午後七時十分前だった。

オカ研の一同はリヴィングにいた。

玄関の様子が、防犯カメラのモニタに映っている。三和土(たたき)に並んだエンジニアブーツやハーネスブーツを見て、首をかしげる直之が見える。

直之自身が愛用するバリーやフェラガモではなく、学生および新社会人が履く安い靴ばかりだ。その六人ぶんの靴を、不思議そうに目で数えている。

「紀枝、お客さんか？　もしかしてまた、学生新聞の……」

声をかけながら、リヴィングへ入ってくる。

「おかえりなさい」

ソファから紀枝が腰を浮かせた。

直之の双眸(そうぼう)が、リヴィングに集まった一同をゆっくりと見まわす。

彼の目のレンズを通して、森司は自分たちの姿を見た気がした。左から順に、鈴木、森司、こよみ、藍、そして部長、泉水。

やっぱり、と言いたげに直之が顎(あご)を引く。彼の中で〝雪越大学新聞部〟として認識されているだろう顔ぶれが、プラスアルファを添えて揃っている。

「また取材？　ずいぶん熱心なんだね。よかったらぼくも記事に貢献しようか？　うちの奥さんのインタビューに、僭越ながら裏付けを……」

笑顔で言う彼を、

「いえ」と紀枝がさえぎった。

「いいえ。――今日は、違うの。インタビューのためじゃない。わたしが頼んで来てもらったの。この場に、いてほしくて」

紀枝は胸もとで、両手をきつく握りあわせた。

「わたし、あなたに話さなければいけないことが……。でも一人で話す勇気がなくて、この人たちに、家まで来てもらったの」

「え、なに？　なんの話だ？」

直之はあきらかに面食らっていた。

紀枝と森司たちを、何度か交互に眺める。その双眸には濃い困惑が浮かんでいた。

「……あなたに、最初から、なにもかも打ちあけていればよかった」

紀枝は唇を噛んだ。

「ほんとうは、前の家で、わたし……おかしなものを何度も視たの。でも、気のせいだと思った。わたしには、なにも視えやしないはずだから。でもいやな気持ちがして、あなたに『家の空気が合わないみたい』なんて、曖昧なことを言ってしまった。まさかあなたが、すぐに新しい家を建ててくれるなんて思わなかったの。ごめんなさい」

「待て。待ってくれ」

直之が手を振る。

「なにを言ってるんだ？　前の家で……え？　なにを見たって？」

「紀枝さんは前に住んでいたお宅で、あやしい影や気配を幾度も目撃したそうです」

部長が言い添えた。

「そしてこの家で彼女は、繰りかえし死体を幻視するんですよ」

「――死体？」

「ええ。紀枝さんと同年代の、女性の他殺死体を」

直之が目を見ひらく。

彼の顔がじわじわと血の気を失い、白くなっていくのを森司は見守った。馬鹿な、とその瞳が語っていた。そんな馬鹿な、と。

部長はいたましそうに言った。

「この場所には、以前、あなたのお父さまの別宅が建っていたそうですね。そしてお父さまは、失礼ながら性的に放逸な方だった。……表向きはカメラ道楽用の家ということでしたが、実際には妾宅だったのではないですか？」

妾宅。つまり愛人を住まわせるための家だ。

直之の肩が、ひくりと反応した。

「くわしいことは、ぼくにはわかりません。でもあなたのご母堂にとっては、取り壊すことすら忌々しい、存在そのものを忘れていたい家だったのでしょう。一方あなたにとっては、名目さえあればすぐに壊してしまいたい家だった。ご母堂がお歳を召されて、判断力が落ちてきたのをいいことに——そして紀枝さんが一軒目の家が『合わないようだ』と言いだしたのをいいことに、あなたは忌々しい家を壊してしまった。そしてその跡地を征服するかのように、新宅を建てた」

「ごめんなさい」

紀枝はすでに、涙声だった。

「わたしたち、会話が足りなかったのね。もっともっと、話せばよかった。最初から全部打ちあけて、あなたの話も聞けばよかった。前の家を……出るんじゃなかった」

「待て」

直之は、あえぐように言った。

「待ってくれ。いったい……いったい、どうなってる。きみたちはなにを、いや、事態を——どこまで知っているんだ？」

「おそらくは、全部」

部長はまぶたを伏せた。

「不運が重なったんですよ。でも悪運の強い紀枝さんは、惨劇をごく無意識に避けた。……彼女が不在のとき、それは起こったんですね？　轢（ひ）き逃げされた女性、つまり桁橋理都子さんは、たびたびこの新居を訪れていた。それは彼女のＳＮＳを見てもあきらかです。なぜなら彼女は、自分と紀枝さんを、いや如月妃映を同一視していたから。この家は、桁橋さんにとって〝自宅〟だったんです」

直之の頬が引き攣った。

「なにを、勝手な」

「はい。勝手です。でも彼女にも、彼女なりの言いぶんと視点があった。悲劇というのは往々にして、相容れない言いぶん同士がぶつかり合うことで起こります。……あの日も、そうだったんですよね？」

部長は紀枝を振りかえった。あなたがつづきをどうぞ、と目でうながす。

紀枝は、意を決したように口をひらいた。

「わたし……わたしはずっと、お義母さまをこう思ってた。『言うことも態度もころころ変わる、気分屋だ』『おしゃべりの矛先があちこちへ飛ぶ』。加齢のせいで、年々その傾向が増している、と。でも、違った。お義母さまは……進行性の、アルツハイマー型認知症なのね？」

直之の眉が上がった。

声こそ洩れなかったが、紀枝の指摘は正しいと、その表情が雄弁に物語っていた。

「わたしは他人だから、お義母さまは多少なりと気を張って接する。よその人が来ると、認知症患者さんは一時的にしゃっきりするって言うわよね。でも身内の、あなたの前ではきっと……」

「隠していたのは、悪かった」

直之が急いでさえぎった。

「でも本人が医者をいやがるし、もっと進行するようなら手立てを考えようと思っていた。知ってるだろう。ぼくは、その……母に強く言えない。父に苦労させられてきた人だから、老後はせめて安穏としていてほしいんだ。ただし、きみに介護させようだとか、そんなことはまったく考えていなかった」

「やめて。論点はそこじゃない」

紀枝は首を振った。

「もう、わかっているの。——あなたにだって、わかっているはず。これからわたしが言おうとしていることが、なんなのか」

直之の面にはじめて恐怖が走った。

未知なるものへの純粋な恐れだ、と森司は察した。

結婚前に紀枝は、直之に打ちあけた。人ならざる能力などないと。占いの力などまったく持ちあわせないと。彼もまた、その言葉を信じたはずだ。

だがいまの直之は、もしや、と揺らいでいた。もしや紀枝はその力ですべてを見通し、見抜いたのではないか、と。

それは恐れであり、畏れだった。

じわじわと畏怖は染みこみ、広がり、彼を屈服させようとしていた。ぴんと張りつめつづけていた、彼の精神を。

「きみは――……きみは、留守だった」

直之の唇から、唸(うな)るような声が洩れた。

「きみがいなくて、幸運だったと思った。きみにはなにも知られずに済んだと。うまくいったと、思っていた……」

「ええ、知らなかった」紀枝はうなずいた。

「でもいまは違う。わたしはもう、知っている。だからあなたの口からも話してほしいの。桁橋理都子さんを死なせたのは……お義母さまでしょう？」

直之の肩が、がくりと落ちた。同時に表情が弛緩(しかん)する。

あきらめが一瞬にして、彼の瞳(ひとみ)を塗りつぶすのがわかった。

「――そうだ」

彼は掌で顔を覆った。

「そのとおりだ。でも、わかってほしい。――母も、被害者なんだ。母に殺意はなかった。すくなくとも、桁橋さんという女性に対する殺意はなかったんだ」

「わかってる。お義父(と)さまの愛人を追いはらいたかっただけなのよね、お義母さまは」

吐息とともに紀枝は言った。

直之の母、嘉子はしばしば時間軸が混乱する。また感情の箍(たが)に緩みがあった。喜怒哀楽が激しくなる上、何十年も前の記憶をもとに脈絡なく怒りだしたり、泣きだしたりするのだ。

「あの日も、そうだったのね」

紀枝は夫を見上げた。

「何十年も前に還(かえ)っていたお義母さまは、妾宅に乗りこむつもりでこの家にやって来た。そしてこの屋敷をうかがいに来ていた桁橋さんと、はちあわせた。お義母さまは彼女を、愛人だと思いこんだ」

「ああ。彼女は——なぜか、塀を乗りこえてうちに侵入していた」

直之は力なく認めた。

「防犯カメラ映像を消す際に、確認した。塀をのぼる彼女の姿が、はっきり映っていたよ。こんな言いかたはよくないが……母があやしみ、脅威に思っても無理はない、と思えた」

確かにあやしく見えただろう。森司は口中でつぶやいた。

桁橋理都子は、如月妃映になりたかった。〝如月妃映のように〟ではなく、如月妃映そのものになろうと望んでいた。

その夢想を保つために、新たな屋敷の情報が理都子には必要だった。どんな外観で、どんな内装か。如月妃映がどんなふうに過ごしているか。

如月妃映が引っ越したならば、理都子は脳内データを更新し、上書きせねばならない。なぜって如月妃映の家は、理都子の家でもあるからだ。

理都子がどれほどの過酷な半生を送ってきたか、森司は知らない。短時間ながらも同調した鈴木ならすこしはわかるかもしれないが、彼とて口にしたがらない。

ともかく如月妃映になりきることで、彼女は心の均衡を保っていたのだ。妃映について知らない事実があるなどと、理都子にはとうてい我慢ならなかった。文字どおりの死活問題であった。

「ぼくの父は……ある意味、異様な人だった」

直之が呻いた。

「もしまだ生きていたなら、セックス依存症と診断されたかもしれない。それほどに、強迫観念的と言えるくらい、性に執着した人だった。母はそんな父に呆れ、憤った。父は母の怒りを恐れ、愛人たちを母の目から隠すようになった。妾宅のセキュリティを固め、鍵は父だけが管理した。母は、正門を越えることすら許されなかった」

「妾宅とこの屋敷とを、お義母さまは混同した……。無理ないわね。同じ土地に建っているんだもの」

紀枝は嘆息してから、

「お義母さまは、桁橋さんを、車ではねたの？」と問うた。

「そうだ」

直之がうなずく。

「きみだって知ってるだろう。遠出でない限り、母は自分で運転したがる。母はうちのボルボを借りっぱなしで、おまけにこの屋敷の表門は、ぼくときみと母の声紋でひらく設定にしていた。門が開いた瞬間、母はアクセルをいっぱいに踏みこんだ。——あの女性ははね飛ばされ、庭の、あの位置に落ちた」

彼は温室の向こうを指した。

雪枯れに強い冬芝の一部が、ほんのわずかにえぐれていた。師走(しわす)の風雪にさらされ、冬芝は寒そうに凍えている。

「ボルボをやけに長く修理に出していたのは、そのせいね」

紀枝はうなずいた。

「そしてあなたがお義母さまに運転を禁じた理由も、これでわかった。お義母さまに甘いあなたにしては、強すぎる物言いだったから不思議だったの」

「さすがにぼくも、そこは強く言わざるを得なかったよ」

直之はほろ苦く微笑した。

「母から『やってやった』と勝ち誇った電話をもらって、ぼくは愕然(がくぜん)とした。駆けつけてみたら、ほんとうに人が死んでいた。でもさいわいきみは、ちょうど習い事でいなかった。正直言って、ほっとしたよ。天が味方した、とさえ思った」

「それであなたは……死体を隠したのね」

疲れた口調で紀枝は言った。

「車庫に？　それとも車のトランク？　ともかくあなたは、わたしをなに食わぬ顔で出迎えてから、深夜に県外まで死体を捨てに走った」

「あんなことは、したくなかったよ。——でも母を犯罪者にするのは、もっといやだった。彼女の死体を路上に横たえておけば、夜中だし、誰かが轢(ひ)くだろうと思った。もしかしたら、ごまかせるんじゃないかとね。はかない希望だったが……」

直之は自嘲(じちょう)してから、

「なあ、彼女は誰だったんだ？」

と顔を上げて尋ねた。

「なぜあの日、うちに侵入したんだ。そのわけを、きみは知ってるのか？」

「あの人はね、わたしの……そう、ファンだった」

紀枝は歯切れ悪くそう答えた。

「こんなわたしを、とても好きでいてくれた。だから死ぬ瞬間に、彼女は強く思ったの。『あの家で死にたい』『あの家で、自分は死ぬべきなのに』と——。彼女は、わたしと自分を同一視していた。彼女の想像の中では、わたしの姿で、この家に住んでいた。そう、だから彼女はいつも、『ただいま』と帰ってきたのね。そして彼女が知る、わたしの姿かたちで死んでいた……」

言葉の後半は、独り言に近かった。

「いまとなれば、わたしがお義母(かあ)さまを嫌いになりきれなかった理由も、わかる気がする。心のどこかで感じとり、察していたのかもしれない。実母と同様、夫の女性関係に悩まされつづけたお義母さまを、わたしが憎めるはずはなかった……」

うつむいた紀枝に、直之は言った。

「……きみには、なにもわかるまいと思っていたよ」

苦渋に満ちた声音だった。

「自分にはなにも見通す力などない。結婚前に、そうきみは打ちあけてくれたじゃないか。あれは、嘘だったのか？」

紀枝は明言を避けた。ただ目をそらして、

「――嘘じゃなかったわ、あのときは」

とだけ声を落とした。

直之はしばし、その場に立ちつくしていた。

やがてふっと笑い、つぶやく。

「ひとつ、ぼくから言おうか。さすがのきみにも見通せなかったことがあるよ」

奇妙に歪んだ微笑だった。

「……死ぬべきだったのは、ぼくだ。轢き殺してでも追いはらいたいと願うほど、母が憎んでいたのは、ぼくなんだ」

森司ははっとした。

直之の瞳は、なんの感情も浮かべていなかった。

ぽっかりと黒い空洞だった。絶望と諦念と、空虚だけがそこにあった。

「じつはぼくは、養子だ。……生前の父が、性に執着した人だったとはさっき言ったね。確かに、若い女に溺れた時期もあったらしい。ここに建っていた家に、とっかえひっかえモデルの女を連れこんだこともだ。でも彼はある時期から、さらなる刺激を求めるようになった。禁忌を破らなければ、興奮できない体質になったんだ。そんな彼の欲望は――幼い子供に向いた」

「直之さん」

部長が立ちあがり、彼を制した。

「言わなくていい。それは、無理に言う必要のないことです」

「いや、聞いてほしいんだ。紀枝に、知ってほしい」

直之は紀枝に向きなおった。

「一時期の父は東南アジアなどの発展途上国で、年端もいかぬ少年少女を買って欲望を満たしていた。だが時代につれて倫理は変わり、社会がそれを許さなくなった。なのにタブーに染まりきった父は、あきらめきれなかったんだ。だから父は身寄りのない子供を養子にし、その子を慰みものにすることで己を満たした。この屋敷、いや、ここに以前建っていた屋敷を隠れ家にして」

その養子が、ぼくだ――。

直之は言った。血を吐くような重い告白だった。

紀枝が、ゆっくりと直之を見上げる。

「……お義母さまは、それを、知らなかったの？」

「知らなかった。すくなくとも父は、母の目から隠しとおした。……母は、ぼくを可愛がってくれたよ。跡取りを産めなかった負い目からか、養子のぼくをいびったりは、いっさいしなかった。逆に心苦しかったのは、ぼくだ。成長して父がぼくに興味を失うまで、ぼくは母を陰で裏切りつづけていた」

「だからなのね」

紀枝はうなずいた。

「あなたがお義母さんにいつも遠慮気味で、強く言えなかったのは。その後ろめたさのせいだったのね」

「そんなふうに思う必要はなかったんですよ」

部長が口を挟んだ。

「あなたに罪はない。あなたこそが、もっとも純粋な被害者だった」

「いや、そうは思えない」

直之はかたくなに言い張った。

「母を長らく苦しめてきたのは、ぼくだ。……母に電話で呼ばれ、この庭に倒れている死体を見たとき、『ああそうか』と思ったよ。『ああそうか、ぼくがずっと待ち望んでいた結末はこれだ。この破滅だ。この死体はきっと、ぼく自身だ』とね」

部長が先日暗唱した台詞(せりふ)を、森司は思いだした。

——抱かれているのは確かにおれだが、死体を抱いてるおれは誰だろう。

静寂が落ちた。

「あなたは——」

部長が口をひらいた。

「疑ったことは、ないんですか？　ご母堂はじつは知っていたのではないか、と。あなたへの虐待を薄うす知っていて、目をつぶっていたのではないかと」

「やめてくれ」

直之はかぶりを振った。

「そうは、思いたくない。……あの女性は、紀枝と彼女を同一視していたと言ったよな。それと同じだ。人間というのは、見たいものだけ見ていれば、安らげる生きものなんだ。それ以上はやめてくれ」

「直之さん」

紀枝が一歩進んだ。

「わたしは通報しません。だから——自首してください」

気丈な声だった。

「もし服役することになっても、わたし、あなたが帰るその日まで待っています。……だからお願い。警察には、あなたのその足で行ってください」

8

年末の伊勢丹は、正月をひかえて浮かれて見えた。

地下の食品売り場には豪華なおせちの見本写真が躍っていた。クリスマスから一新された おもちゃ売り場は、〝プレゼント用ではなく、子供がお年玉を使ってほしがるだろうゲームやフィギュア〟中心にディスプレイを切り替えていた。

そして森司とこよみはそれらの階には目もくれず、またも紳士服売り場の雑貨コーナーに立っていた。

棚に並ぶのは紳士用の財布。名刺入れ。ネクタイピン。カフスボタン。スマホ用ストラップ。キーケース。ハンカチ。ベルト。キーホルダー。

——そしてもちろん、ネクタイだ。

「蒔苗直之さん、わたしたちが帰ってすぐに自首されたそうです」

「そうか」

こよみの言葉に、森司は首肯した。

黒沼部長が言うには、

「嘉子さんの責任能力は問えないだろう。直之さんも初犯で、情状酌量の余地はないではない。弁護士の腕がよければ、執行猶予が付くかもね」

だそうだ。しかし創業者の妻が不法侵入者とはいえ人一人を殺め、その息子が死体遺棄と損壊の罪を犯したのだ。『マキナ』のイメージダウンはまぬがれまい。

それはいたしかたのないことだ。他人の命を奪っておいて、なんの咎もなしなどあり得ない。

「桁橋さんの遺品はアパートの大家さんが預かっていたので、紀枝さんが引きとりを申し出たそうです。永代供養料も、紀枝さんが出す予定だとか」

「うん」

森司は短く答えた。それ以外、なにを言っていいかわからなかった。

首をめぐらして、華やかな売り場を見まわす。名の知れたブランドがずらりと軒を連ね、姿勢のいい店員たちがきびきびと立ち働いている。

気分を切り替えて、森司はネクタイの一本を指した。

「灘、これなんかどうかな。シンプルで無難じゃないか？」

「ああ、そうですね」

こよみが足を止めた。

「うーん。やっぱりおれがいいなと思うやつは、ネイビーに偏っちゃうな」

「でもこれ、いいと思いますよ」

棚にかがみこむこよみを横目に、森司はさりげなく彼女の斜め後ろに立った。鏡が見える位置を選んで位置取りする。

森司は意図的に、ネクタイに手を伸ばさなかった。

こよみがごく自然に、彼に代わってネクタイを手に取る。真横に鏡があると気づき、これまた自然に森司の胸へと当てる。

「先輩は明るめのネイビーが似合いますよね。でももうすこし、ストライプの幅が細くてもいいかも」

こよみちゃん、きみは限りなく完璧に近い女性だが欠点がある。森司は思った。

——おれを信じすぎるという欠点だ。

現にたったいま、おれの下心にも気づかず、まんまと近づいてしまっている。おれが誘導したとおりに、先日と同じ新婚さんスタイルに持ちこまれている。

いや普段ならば、人を信じるのはいいことだ。しかもおれにとっては、欠点どころか美点であるが——と森司が彼女を真上から凝視していると、

「あ」

視線に気づいたらしく、こよみがぱっと顔を上げた。

至近距離で二人の目が合った。その距離、約十五センチだ。常にない近さであった。

後ろへ飛びすさるように、こよみが離れた。

「すみません」

「あ、ああ。いや」

「ち、近すぎましたね。ごめんなさい、すみません」

「いや、灘が謝ることはなにもない」

森司は急いで両手を振った。

「きみはちっとも悪くない」

そうだ、彼女は悪くない。このシチュエーションになるよう森司が誘導したのだ。あきらかにやましい下心でもって、こよみのほうから近づいてもらおうとした。あまつさえ胸板のあたりに触れてもらえないか、かなり期待してしまった。どう考えても悪いのは森司一人だった。

「でも、勝手にあの、先輩に、手を」

「違う、灘が謝ることなんて、この世になにひとつない。謝らないでくれ。むしろ謝るべきはおれだ。おれが謝るから、どうかきみは謝らないで」

われながらよくわからぬことを言いつつ、森司は彼女を必死になだめた。

頼りない説得ながら時間をかけ、なんとか場をおさめて、胸を撫でおろす。

「な、なんだか暑いな」

「暑いですね」

「ここは暖房が効きすぎだな。すこし歩こう」

実際はデパートの暖房のせいではなかった。

視線が合ったとき二人の顔に血がのぼり、体温が急上昇し、急発汗したがゆえだ。つまり森司に言わせれば、これまた「おれが悪い」のだった。

しかしその点にはあえて言及せず、二人は涼しい階段側へと移動した。

階段の向こうに、窓が見えた。

思わず森司は息を呑んだ。

「雪だ……」

正確に言えば牡丹雪である。見るからに積もっていきそうな、大粒の雪だった。しかも風はなくしんしんと降っている。やむ気配はかけらもない。

森司もこよみも雪国生まれ雪国育ち、生粋の雪国人である。

雪国人に「わあ雪だ。きれい」「ロマンティックね」などという思考回路はない。雪は最大最強の脅威であり、日常的な天災である。ひとりでに増えて積もっていく、忌々しい障害物でしかない。

「帰ろう」

ためらわず森司は言った。こよみもうなずく。

「帰りましょう。バスの運行が心配です」

二人はそのまま階段を下りた。三階、二階と下っていく。

踊り場で、森司は足を止めた。

「灘」

「はい」

「ネクタイ選びは――ま、また今度でいいよな？」

ほんのわずかの間があった。ややあって、こよみが答える。

「はい。また今度」

その語尾には、「ぜひ」の言葉がさらに付けくわえられた。

森司の胸がほっと緩む。同時にうなじから、再度の汗が噴きだした。

ガラス窓の外で、雪はさらに勢いを増していた。

第二話　だいすきな祖父母

1

気象台は「数十年に一度の大雪」と予報した。

ポータルサイトは「観測史上最大級の豪雪か？」と見出しで煽った。

テレビのニュースキャスターは、

「年末年始は大荒れのお天気となりそうです。充分にご注意ください。現在出ている警報は大雪、波浪。注意報は着雪、強風です。不要不急の外出はお避けください」

と口すっぱく繰りかえした。

果たして、その予報は大当たりした。

しんしんと静かに雪は降り、降り積もり、一夜明けてカーテンを開ければ、森司が住むアパートはすっぽりと深い雪に包まれていた。

「うーん、これは……雪かきしないとだな」

うっすら髭の伸びた顎を、森司は指で掻いた。

「三が日でも除雪車って走るんだっけ。いまアパートに何人残ってんだろ。二人？　三人？　みんな実家帰っちゃったからな……」

独り言を洩らし、キッチンへ向かう。

「そういやスコップがないや。スノーダンプとスコップ、誰か持ってるかな。大家さんに聞いてみるか……」

森司は水を張った小鍋を火にかけた。

次に切り餅の袋を開ける。

「今年はアパートで年越しするらしいな？　まあこれでも食ってろ」

とおすそわけしてくれた、業務用スーパーの切り餅だ。

森司はねぼけまなこを擦りつつ、餅を一センチ角に切った。レンジのターンテーブルにクッキングシートを敷き、切った餅を並べていく。そして膨らむまで加熱する。取りだしたら熱々のうちにバターを和え、さらに明太子ふりかけを振る。

ちょうど小鍋のお湯も沸騰したので、緑茶のティーバッグを放りこんだ。よき色になったところでマグカップに注ぎ、明太子バター餅とともにテレビの前でいただく。

「うん。炭水化物と明太子バターは、やはり黄金の組み合わせだ。餅もうまいこと、外はかりっと、中はとろっと……。正月気分の先取りでもある」

年末番組を眺めつつ、しみじみ森司はひとりごちた。

今年も残すところ、あと一日。

旧家の跡取りである黒沼部長は、今年も忙しい年末年始を送るらしい。

「いつもどおり親戚が寄り集まって、連日連夜ひたすら宴会だよ。紋付着せられて、上座に座らされて、痛風になりそうな仕出し料理を朝昼晩と三食。そして挨拶につぐ挨拶。お酌につぐお酌。その苦行をこなさないと、大学に戻ってこられない」

と嘆いていた。

ただし分家筋の泉水はその限りではなく、いつもどおりバイトに励むという。帰る実家のない鈴木も同様だ。

「で、おれはというと……やることないなあ」

食べ終えて森司は欠伸をした。時刻はまだ午前十時である。

いや例年の年末とて、実家のこたつで寝るか、テレビを観るかしかなかった。とはいえ両親や、ぽつぽつと訪れる親戚の相手をするだけで気はまぎれた。

――しかし一人となると、ひたすらに暇なだけだ。

さて今日はなにをして過ごすか。

食う。寝る。動画を見る。妄想する。せいぜいそのくらいしか思いつかない。

そういえば書くべきレポートが二本ほどあるが、大晦日にやることかと問われれば、いまいち違う気がした。

「……やっぱ、雪かきでもするか」

つぶやいて森司は立ちあがった。

ただ寝ているより、すこしは建設的だろう。そう思い彼が真っ先に取りかかったのは、歯磨きと洗顔と髭剃りであった。

なぜなら大家さんのお宅を訪問したいからだ。スノーダンプと、できればステンレス製のスコップも貸してもらいたい。しからばむさくるしい髭ヅラでは無礼であろう——と考える程度には、森司は常識的な男であった。

そして約四十分後。

森司は雪かきに熱中していた。

最初はこつを忘れていたが、十分もやれば体がひとりでに思いだしてくる。スコップで雪を四角く切りとり、すくってスノーダンプに載せる。ダンプがいっぱいになったら側溝に、もしくは除雪車が作っていった雪壁へと運び、積み重ねる。

じきに体が温まり、汗が湧いてきた。

単純作業なため、次第に心が無になっていく。その空白に、ふっと文章が浮かぶ。レポートの書き出しにぴったりの一文であった。

——おお、これはいい。

森司はほくそ笑んだ。

やっぱりいつもは邪念が多すぎるんだな、と得心する。こうして心をからっぽにすれば、否（いや）が応でも文章は浮かんでくるのだ。

出来はどうあれ、思いつきさえすればこっちのものである。A判定はもらえなくとも、期日内に出しさえすればC判定は堅い。

――ええと、〝地方銀行がもたらす地域経済の活性化について、実験的行動分析学の観点から語れることは……〟。

調子が出てきた。手を動かしながら、脳内で「ミクロ経済は」だの、「選択行動の結果としての今後の地域経済は」だのと、精いっぱい理屈っぽい文章をこねまわす。

そのとき、通りのほうから聞き慣れた音がした。

車のタイヤが空転する音だった。

このあたりを担当する除雪業者は、腕前がいまいちだ。とくにここ数日、道路はひどいでこぼこである。その雪の轍に、誰かタイヤを嵌めてしまったらしい。アクセルをめいっぱい踏んでいるようだが、発進できる気配はない。

――しゃあないな。

スコップを雪に刺して、森司は通りに出た。

困ったときはお互いさま、情けは人のためならず、だ。これもまた、雪国人の身に染みついた掟である。

自分が同じ状況に陥ったとき助けてもらうためにも、誰かを助けねばならない。この慣習を社会が受け継ぐことで、未来の己が救われるのだ。

フード越しに目をすがめる。

サックスブルーの軽自動車が立ち往生しているのが見えた。車のまわりに女性が三人立っている。全員、若い女性だ。遠目にも森司と同年代だとわかった。

――これはもしかして、恰好いいシチュエーションなのでは。

自然と森司の背すじが伸びた。

女性三人の窮状を颯爽と助けるおれ。そして感謝されるおれ。普段ならば、なかなか味わえないシチュエーションだ。

まいったな、ヒーローになっちゃうかも、などと思いつつ、近寄って咳払いする。

「あの、……よかったら車、押しま」

押しましょうか、と言いかけた語尾が、振りかえった女性を見て消えた。

「あれ。八神くんじゃない」

「え、藍さん？　なんでこんなところに」

「そっちこそ。――って、そっか。八神くんのアパートってこのへんだったもんね。そこにこよみちゃんもいるわよ」

「え？　灘？」

森司の眉と目が、覿面にでれっと垂れさがった。

そして垂れた視線の先には、まごうことなき灘こよみがいた。雪に備えてだろう、パタゴニアのスノージャケットにニットキャップ。ロングスカート、タイツ、ムートンブーツという、上から下までもこもこの重装備である。

「じゃ、藍さんのお友達の車ですか？」

対照的に薄手のコート一枚の藍を、森司は見上げた。

「ううん、あたしらも通りかかっただけ。元旦は神社が混むから、こよみちゃんと幸先詣でしてきたの。そしたらこのお嬢さんの車が、雪に嵌まって立ち往生してたから」

と横に立つ女性を藍が示す。

要するに初対面らしい。なるほど見覚えのない顔である。女性が困り顔のまま「すみません」と会釈した。

「でも八神くんに会えてよかったわ。左のタイヤ側、お願いしていい？　あたしは右ね。こよみちゃんは真ん中押して」

「えっ、そんな。おれ一人で押しますよ」

「なに言ってんの。三人で押したほうが確実でしょ」

「そうですよ。わたしだってけっこう力あります」こよみが力強く言い、

「こんなこともあろうかと、手袋だって常備してるんです」

とムートンミトンに包まれた両の掌を掲げてみせた。

その意気込んだ様子に「うむ、今日も可愛い」と森司は内心で唸った。なんとか無表情を保ちつつ、藍の指示どおり車体の左側に立つ。

女性が運転席に座り、アクセルを踏んだ。同時に、三人で車の尻を押す。

ぎゅるぎゅるぎゅる、とタイヤが空転する音が響く。ふっと手ごたえがなくなったかと思うと、無事発進できた軽自動車が、二メートルほど先で停まった。

運転席からさきほどの女性が降りてくる。

「すみませんでした。ほんとうに、ほんとうにありがとうございます」

ニットキャップをはずし、女性は何度も頭を下げた。感謝の涙に潤む瞳で、おずおずと藍を見上げる。

「あのう……。OGの三田村藍さんですよね？」

「え？　うん。そうだけど」

「わたし、雪大の後輩です。ええと、そちらは灘こよみさんですね。お二人とも、あのオカルト研究会の」

軽自動車のあるじは胸の前で両手を組み、藍とこよみを交互に見つめている。運転席に戻る気配はない。唇がもの言いたげに、何度もひらいては閉じる。

藍はこよみと顔を見合わせた。

視線を交わしてうなずきあったのち、ひかえめに藍から申し出る。

「ええと、……もしかして、おかしな悩みとかあったりするの？」

2

女性は百々畝凪と名のった。雪大法学部の四年生だという。

凪を連れ、森司たちは藍の行きつけのカフェへ移動した。大晦日だというのにカフェは混んでおり、コーヒーとスパイスの芳香に満ちていた。

ウエイトレスに『本日のケーキセット』を四つ頼む。ひと息ついたところで、凪があらためて頭を下げる。

「すみません。このお忙しい時期に付きあっていただくなんて」

「いいのよ。どうせお茶する予定だったし」

熱いおしぼりで指を温め、藍がかぶりを振った。

凪は奥二重の目も涼しい、なかなかの美人であった。前髪をいさぎよくセンターで分け、秀でた額と漆黒の瞳を際立たせている。

その向かいで森司は「髭を剃っておいて正解だった」としみじみ安堵していた。

――もしあのとき手抜きしていたら、むさい髭ヅラのまま美女三人とお茶する羽目になるところだった。

己の直感を信じておいて、ほんとうによかった。

そんな彼の内心も知らず、凪がためらいがちに切りだす。

「あの……以前、小耳に挟んだことがあるんです。雪大オカルト研究会では、警察や調査会社が引き受けないような、おかしな事象の相談にのってくれる、って」

「つまりおかしな事象が、あなたの身のまわりで起こったわけね？」

藍が問いかえした。

「残念ながら、オカルト案件に一番くわしい部長は実家に帰省中なの。でも話を聞くだけなら、あたしたちでもできるわよ。部長の意見は電話で聞けるし、とりあえず話してみてくれない？」

「ありがとうございます」

凪はいま一度丁寧に一礼してから、

「ええと、そもそものきっかけはたぶん、幽霊――です」と言った。

「たぶん？」

「あ、すみません。たぶんと言うのは、個人的にあまり怖いと感じないせいで」

居ずまいを正して、凪はつづけた。

「出るのは一昨年死んだ、父方の祖母の幽霊です。祖母が若い頃の姿で、ドアの隙間から覗くんですよ」

「へえ」

「ほう」

藍と森司で同時に声を発した。凪が目をしばたたく。

「……驚きも、笑いもしないんですね」

「まあ、この手の話は聞き慣れてるから。誰か笑った人がいるの？」

「はい。うちの夏海が――」

言いかけて、凪が口を押さえる。

「すみません。説明が前後しました。夏海というのは、わたしとルームシェアしている従妹です。市内の美容系専門学校に通う一歳下の子で、三年前から2LDKの賃貸マンションで同居しています。父方の従妹ですから、夏海にとっても同じく祖母にあたるんですが」

言葉を切り、彼女は首をかしげた。

「夏海はいったん、わたしの話を笑いとばしました。『お化けなんかいるわけないじゃん。凪ちゃん、どうかしちゃったんじゃないの』と。なのにいざあの子も祖母を目撃したら、異常なほど怖がるようになったんです。……あ、いえ、よく考えたらわたしのほうが変ですよね。誰であろうと幽霊は幽霊なのに、怖く思えないなんて妙だって、自分でも思います」

でも、ほんとうに怖くないんですよ――。

そう言って凪は眉を下げた。

ウエイトレスがコーヒーとケーキを運んできた。熱く濃いブレンドコーヒーに、旬の林檎をたっぷり使ったアップルパイだ。

予想外に美味しいパイだった。シナモンがひかえめで、バターの風味はたっぷり。おまけに林檎の歯ざわりが残っている。煮すぎてぐにゃっとした林檎が苦手な森司にとっては、かなり嬉しい不意打ちであった。

しばし全員でパイとコーヒーを味わってから、

「――ところで『祖母が若い頃の姿で』と言われましたね」

こよみが切りだした。

「お祖母さまの若い頃の姿を、ご存じなんですか?」

「はい。実家にアルバムがありますから」

凪がパイを飲みこんでうなずく。

「父が跡取り長男だったので、わたしは生まれたときから祖母と住んでたんです。だから祖母のアルバムはしょっちゅう見せてもらいました。ああそうか――そうですね、怖いと思えないのは、そばに祖母がいて当然だったからかも」

彼女はすこし笑った。

「幽霊になった祖母は、姿が若くても雰囲気がほぼ同じなんです。いつも祖母はドアの隙間から半身だけ覗かせて、遠慮がちに『凪ちゃん』って声をかけてくれました。それとまるきり同じポーズだから、怖いというより、つい微笑ましく感じちゃって」

「すみません。はじめて視たときから、一目で『幽霊だ』ってわかったんですか?」

森司は尋ねた。

「あ、はい」凪が彼を見やる。

「それは、すぐわかりました。見るからに昔の服と髪型でしたし……でもいま考えると、それだけじゃないですね。なんというか、ぱっと視ただけでも察せたんです。古い人間だ、現代の人間じゃない、って」

凪は眉根を寄せて、

「すみません。こんなんじゃ全然説明できてませんね。でも、そうとしか言いようがないんです。一瞬の感覚で、祖母のところだけ微妙にセピア色に視えたというか……。いえ、実際に褪せて見えたわけじゃないんですよ。でもそこだけ空気ごと切りとられたように、古く視えたのはほんとうです」

「うん。わかりますよ」

森司はうなずきかえした。次いで藍のほうを向く。

「嘘じゃないと思います。〝視えた〟ときって、実際こんな感じですよ。ぴんと来るところは一瞬でわかるし、そうでないところはずっとわからない。純粋に、感覚でしかないんです。ええと、こちらのド……ドド」

「百々畝です」

凪が苦笑した。

「めずらしい苗字でしょう？　百々路さんや百々米木さんなら少数ながらいるようですが、この姓はうちの一族以外で聞いたことがありません。たぶん国内全部合わせても、十世帯あるかないかです」

「由緒正しいお家柄なんですか？」

こよみが問う。

凪は恥ずかしそうに認めた。

「家柄なんて言えるほどのものじゃありませんけどね。でも二十何代かつづく家であることは確かです。特殊なしきたりもまだ残ってますし……。従妹の夏海が祖母の霊を怖がるのも、じつはそのしきたりが関係しているんです」

「あ、そこ聞きたい」

藍が身を乗りだした。そして間髪を容れず、自分の頬をぱちんと叩く。

「ごめんなさい。やだわ、部長みたいな反応しちゃった。――まあそれはそれとして、そのしきたりについて聞かせてもらっていい？」

「はい。もちろんです」

凪は請け合ってから、

「でも、たぶん……、聞いた三田村さんたちは引くと思います」と言った。

「大丈夫、引かない」

藍はきっぱり断言した。

「うちの部員はそういうのも聞き慣れてるのよ。だから大丈夫。話してみて」

その確信を持った口ぶりに、凪も語る決心が付いたらしい。

「では」

と前置きして、話しだす。

「天保の大飢饉の前――つまり江戸時代から、わが百々畝家でつづくしきたりです。毎年元旦には本家に一族全員が集まりますが、干支で亥の年にだけ、今後の百々畝家の吉凶を占う儀式があるんです」

「元旦というと、明日ですね」

森司は言った。凪が顎(あご)を引く。

「はい。でも亥年ではないので、明日は普通に宴会をひらいて終わりです。ちなみに十三年前は、わたしも参加させられました。当時のわたしは九歳でしたから」

「年齢が関係あるんですか？」と、こよみ。

「あります。その儀式というか、占いに付きあわされるのは、三歳から十二歳の女児に限られるんです。なぜなのか、理由はわかりませんが」

落ちつかないのか、凪は紙ナプキンをしきりにいじっていた。

「儀式のやりかたは、こうです。……親や祖父母や男児たちは大広間に残りますが、三歳から十二歳の女児だけは廊下に出されます。本家の当主と一緒にです」

そして紋付で正装した当主は、長い廊下の突きあたりにある襖(ふすま)を指し、女児たちにこう命じるのだという。

――いまから一人ずつ、あそこへ入って中を見ておいで。

と。

そのとき凪は、なんの説明も受けなかった。

祖母から儀式のあらましを聞くことができたのは、十三歳を過ぎた春――つまり儀式に参加する資格を失ってのちだった。

儀式のルールは以下のとおりだ。

元旦の奥座敷に、三歳から十二歳の女児が足を踏み入れる。

大半の子は、なにも視ない。しかし女児のうち幾人かは、襖を後ろ手に閉めた途端、暗い奥座敷の中になにかがいるのを視る。

それが笑っていれば、吉兆。

もし怒っていれば凶兆。

怖いと思ったら入らなくてもよい。しかし入ってしまったなら、奥座敷で視たものは必ず当主に報告しなくてはならない。なにも視なかった者もだ。「視えなかった」と、正直に言う必要がある。けして嘘を言ってはいけない――。

そんな、奇妙なしきたりである。

しかし当時の凪と夏海は、なにも知らなかった。親からも祖母からも、なにひとつ聞かされていなかった。ただ冬の冷たい廊下に立たされ、本家の当主に「行くのだ」と命じられた。

その日のことを、凪はぼんやりとしか覚えていない。

閉ざされた襖をひどく不気味に感じたことと、いやだと思いつつ開けたことは記憶にある。だがあとのことは、すべて曖昧(あいまい)だ。

祖母が言うには、凪も夏海も「なにも視なかった」と当主に報告したらしい。

その年、奥座敷になにかを視た子は誰もいなかったという。

また百々畝家にも、その後十二年間大きな問題はなかった。これらはすべて、祖母からのちに聞かされた話である。

凪はコーヒーにミルクを足し、つづけた。

「……夏海がね、言うんです。『お祖母ちゃんの幽霊を視たとき、あの儀式を思いだした』って。『あのときはなにも視なかった。けど怖かったことはよく覚えてる。凪ちゃんは、感じないの？　ドアから覗くお祖母ちゃんは、ものすごく怒ってるよ。元旦の儀式は〝もし怒っていれば凶兆〟だったでしょ？　きっと今回も同じだよ。あの幽霊は、悪いものだと思う』――って」

「でも、あなたは怖く感じないのね？」

藍は問うた。

間髪を容れず、凪がうなずく。

「はい。だってわたしに視える祖母は、怒っていませんもの。覗きながら祖母は微笑んでいるし、好意だって感じます。見守ってくれている、と思います」

でもこの人もちょっと変わってるなあ。森司は思った。

森司は実祖父母の霊を視た経験がない。だがもし目撃したとしたら、まっさきに浮かぶ感情は「怖い」だろう。

子供の頃から霊感があるのに、森司は恐怖にはいまだすこしも慣れない。この世に未練を残してへばりつく霊はたいてい悪意か害意か後悔を抱えているし、人間が悪意に慣れることはないからだ。

しかし凪は「怖くない」と言い張る。単に鈍いのか、ほんとうに悪意のない霊だからか、ほかに理由があるのかは未知数であった。

「それでわたし、調べたんです」凪が言う。

「調べた？」

「はい。夏海は怖がってばかりだし、もし祖母になにか理由があって成仏できないなら、かわいそうだと思いまして」

「行動的なんですね」

森司は感心した。

「で、具体的にどう調べたんです？」

「菩提寺に行って、住職からお話を聞いてきました。それから大叔父の申作にも」

凪はスプーンでコーヒーをかき混ぜて、

「これは余談ですが、うちの一族は親世代までは全員、名前に数字もしくは干支が入るんです。たとえばわたしの父は辰一郎ですし、夏海の母は未雪といいます。わたしたちの代になって、『時代遅れだ』との意見が出てやめましたが」

「なのに、肝心の元旦の儀式はやめないわけね」と藍。

「そうですね。言われてみれば、ちぐはぐな話です」

凪は苦笑した。

「ともかく祖母は五人兄弟の次女で、名を二巳子と言いました。上から長男、長女、次女、次男、三男の順です。大叔父はこの三男に当たりまして、『彼が末子だ』とずっと聞かされていました」

「でも、違った？」

「はい。お寺で過去帳を見せてもらったら、一番下にもう一人、娘がいたんです。ミネという名の三女が」

「子年（ねどし）のネでしょうか。本来なら三子（ミネ）、と書いたのかも」

こよみが相槌（あいづち）を打つ。

「かもしれません」と凪は受けて、

「でもそのミネさんは、名前に×を付けられていました。戒名や享年などの記載はいっさいなく、ただ大きく×を付けて消されていたんです。過去帳でそんなのって、見たことないでしょう？」

「ですね。過去帳は普通亡くなったとき書かれるもので、戒名、俗名、享年、生没年などが記されるはずです。人によっては〝何代目当主〟などの情報も」

と同意するこよみに、

「それでですね、あの……」

凪はすこし言いよどんでから、言葉を継いだ。

「みなさんが笑わず聞いてくださるから、言ってしまいますが……。じつはわたし、その過去帳でミネさんの名前を見たときも、おかしな感じがしたんです」

「と言うと？」

「どう説明したらいいんでしょう。あの、さっきわたし『ぱっと視ただけでも、祖母の幽霊が古い人間で、現代の人間じゃないってわかった』と言いましたよね」

凪は鼻の頭に汗をかいていた。

「あれと同じようなことが、起こったんです。なんというか、こう、ビビっと来ました。いまわたしの身に起こっていることには、この人が関係してるって。死んだ祖母にただ見守られてるとかじゃない。この人が、今回のすべての中心にいるんだ——って」

そう早口で告げ、凪は頭を振った。

「すみません。ほんとうに変なことばかり言ってますね、わたし」

「気にしないで」

藍が手で彼女をなだめた。

「おかしいなんて思ったりしないから、大丈夫よ。気にしないで。それで、あなたはどうしたの？」

「それで——大叔父に、話を聞きに行きました」

凪は答えた。

「生まれ年を見るに、ミネさんは大叔父と四歳しか離れてませんから。それにこの人は一族の中のはぐれ者というか、枠組みからはずれた風流人で、いつもなら比較的話しやすいんです」

「でもそのときは、いつもと違ったのね？」

「はい。なんだかすごく、歯切れが悪い感じでした」

大叔父はこう語ったのだという。

――ミネは、祖父(じい)さんが死んでから生まれた子だからな。

――それがよくなかったんかなあ。苦労知らずで、わがままに育っちまった。

と。

祖父さんとは大叔父にとっての続柄で、凪からすれば高祖父に当たる人である。彼は当時の一族の要(かなめ)であり、商才に長(た)け、百々畝家の財をさらに増やして、村での地位を盤石にしたらしい。

そしてその息子の曾祖父(そうそふ)もまた優秀だった。しかし残念ながら早世したと聞く。

祖母の二巳子がいつも、

――あんたのひいお祖父ちゃんが、もっと長生きしてくれてたらねえ。凪ちゃんたちに、もっとお山や畑を遺(のこ)してあげられたでしょうにね。

と寝物語に嘆いていたものだ。

「……ミネさんは駆け落ちして、一族に勘当されたんだそうです」

眉(まゆ)を曇らせ、凪はつづけた。

「当時のミネさんは十八歳で、相手はみなが反対するような男性だったとか。当主を継いだ大伯父(おじ)は激怒し、末妹のミネさんを勘当してしまった。そしてその証(あかし)として、ミネさんの名を過去帳に記させた上で、永久追放の意味をこめて×印で消させた。……無体な話ですよね。でも百々畝はあの一帯では名家なので、菩提寺も言うことを聞くしかなかったんでしょう」

「ミネさんの、その後は？」

「わからないそうです。誰も知らない、と大叔父は言ってました」

凪はそう言ってまぶたを伏せた。

「もしかしたらミネさんは、不幸な亡くなりかたをしたのかもしれません。成仏できないのは彼女のほうで、祖母はそれを気に病んでいるのかも。そう思ったからわたし、ミネさんの永代供養料のためアルバイトをはじめたんです。でも……バイト代が溜まる前に、すこし雲行きが変わってきまして」

「どう変わったの？」

「ええと……まず、感じる視線が増えました」

凪は低く言った。

「祖母だけじゃなく、得体の知れない視線が増えたんです。でも振りかえっても、誰もいません。あとは夜中におかしな物音がしたり、身のまわりのものがしょっちゅう消えたり。あとは靴や自転車がぐっしょり濡れていたり、ドアの前に、死んだ雀が落ちていたり」

「ちょ、ちょっと待って」

藍がさえぎった。

「最後のは穏やかじゃないわね」

「はい。わたしもエスカレートしている気がして、心配なんです」

凪は冷めたコーヒーで喉を湿した。

「あの祖母が、わたしにそんなことをするとは思えません。だからやっぱりミネさんだと思うんです。なのに夏海は『お祖母ちゃんの祟りだよ。怒ってたもん』の一点張り。あの子は一緒に暮らしたことがないから、祖母の人となりを知らないんでしょう。……でもどちらにしたって、解決したい思いは同じです」

顔を上げて凪は言った。

「ですから、すみませんがご意見ください。――これはミネさんの永代供養を頼めば、一連の霊現象がおさまるケースだと思いますか？」

3

森司が凪たちとカフェに入店したのと同時刻。

鈴木はパン工場でのバイトを終え、ロッカールームで着替えていた。

工場は「機械を止めるほうが金がかかる」ため、基本的に年中無休だ。その代わりクリスマス、大晦日、三が日の出勤は特別手当が出る。

鈴木はどの日にも〝出勤を希望する〟にマルをした。

残念ながら抽選で元日は洩れたが、二日、三日はシフトを入れることができた。

このバイトをはじめたときに彼が驚いたのは、主婦たちが意外と連休に働きたがることであった。とはいえ彼女たちの目的は手当でなく、「親戚の相手をするのがいや」「夫の実家に行きたくない」「家でごろごろしてる夫と子供に、三度三度ごはん作るのが面倒」などの理由がメインらしい。

とにもかくにもライバルたちを蹴散らし、抽選でやっと勝ち得た二日間のシフトである。

特別手当が入ったら家系ラーメンでも食べに行ったろかな、と鈴木がロッカーを閉めたとき。

「あのさ、あの——きみ、灘こよみさんと同じサークルだよね?」

と背後から声がかかった。

振りかえると、そこにいたのは小太りのおとなしそうな青年だった。

背は鈴木と同じくらいだろう。しかしぽっちゃりした体形のせいか小柄に見えた。色白で、柔和な目のまわりにそばかすが目立つ。ライトブラウンのダウンジャケットとあいまって、むくむくした茶いろの子犬のようだ。

「そうやけど、え、きみも雪大生?」

「うん。同じ一年生。知らないかな、第二外国語で一緒なんだけど」

「……ごめん。おれ、あんままわりのこと見いひんねん。サークルの先輩たちと違って、

「コミュ障気味なもんで。ほんまごめんな」

　と謝りながらも、鈴木は内心で苦笑した。

　――「オカルト研究会だよね？」でもなく、「黒沼部長んとこの人だよね？」でもなく、「灘こよみさんと同じサークルだよね？」か。

　露骨である。とはいえ、気持ちはわからないでもない。

　自分とてサークルメンバーでなかったら、目立つ藍やこよみ、泉水くらいしか認識できなかっただろう。それに男子学生なのだから、意識は美女に行って当然だ。

「あー、悪いけど紹介はでけへんよ。灘さんのＬＩＮＥのＩＤも、勝手に教えるわけには」

「えっ、いや違う違う。そうじゃないんだ」

　男子学生は慌てたように手を振った。

「いまさらだけど、おれは鳩貝大樹。高校時代の先輩が、以前にきみんとこのサークルの世話になったらしくてさ。相談にのってくれるって聞いたから、声かけてみたんだ。べつに灘さん目当てじゃないよ」

「ああ」

　鈴木は納得してうなずいた。

　それから「ちょい待ってな」と言い、扉を開けて廊下を覗く。

　だが残念ながら、自動販売機の前は無人だった。泉水が補充のバイトに来る時間帯ではないようだ。

鈴木はあきらめの吐息をつき、鳩貝に向きなおった。

「ごめん。おれだけやと心もとないんで、先輩にもいてほしかってんけど……。今日はおれへんらしいわ。ひとまず話をざっと聞いて、先輩に後日伝えることになるけど、それでええかな」

「ああうん、もちろん」

素直にうなずく鳩貝の様子に、鈴木はほっとした。

もし鳩貝がぐいぐい強引に来るタイプだったら、匙を投げてしまったかもしれない。なにものをも気にしない黒沼従兄弟コンビや、クラスカースト最上位の権化こと三田村藍や、一見気弱でいて万人に合わせられる八神森司とは、鈴木は根本的に異なる。苦手なタイプとはどうしても交流できない。したくないというより、現実問題として〝できない〟のだ。対応のしかたがわからないため、本能的に避けるか、もしくはフリーズしてしまうのだった。

――でもまあ、この鳩貝くんなら大丈夫そうやな。

そう思い、鈴木はロッカールームのベンチを指した。

「ほしたら、まず座ろ。……ええと、相談したいっていうのは、きみ自身の話？」

「うん。おれというか、おれの祖父」

「お祖父さんが、おかしな被害に遭っとるっちゅうこと？」

「いや」

鳩貝は首を横に振って、

「先月死んだ祖父が……どうも、化けて出るみたいなんだ。きちんと葬式を済ませて、焼き場でみんなで見送ったのに。なのに——襖を開けて、祖父が覗くんだ」

と言った。

「覗く……？」

「そう。視線を感じて振りかえると、祖父が襖や障子の隙間から、こっちをにこにこ覗いてる。言っとくが、べつに怖くはないんだ。だから一瞬『ああなんだ、祖父ちゃんか』と思って、数秒経ってから、もう死んでると思いだしてぎょっとする。怖くないのはいいんだけどさ。……成仏できてないのかなって、なにか心残りでもあるのかって、不安になるんだよ」

鳩貝は眉根を寄せ、膝の上で拳を握っていた。

その表情に嘘はないようだ、と鈴木は見てとった。

鳩貝がいま一度かぶりを振る。

「あ、言っとくけど目撃したのはおれだけじゃないよ。弟も視てるから、錯覚ではないはずだ。おれほどはっきりは視えないようだが、『いま、祖父ちゃんいなかった？』とか、『そこに祖父ちゃんがうっすら視えた』ってしばしば言うからね」

「弟さんと一緒に住んどるんや。実家暮らし？」

「母と弟と、持ち家に三人で住んでるよ。ちょっと前までは祖父も一緒で、四人暮らしだった。親父はおれが高二のときに事故で死んでね。それ以来、ずっと四人で頑張ってきたんだ」

しんみりと鳩貝は言った。

かるく洟を啜り、ダウンジャケットのポケットを探る。鈴木の眼前に、スマートフォンの画面が差しだされた。

「これ、覗く祖父ちゃんを撮った画像」

鈴木は液晶に目をすがめた。

「おれには襖から覗く祖父ちゃんが、しっかり写って視えるんだけどさ。友達に見せたら『誰もいない。半びらきの襖が写ってるだけ』って言われた。だから、視える人と視えない人がいるらしいんだけど……どうかな？」

心配そうに鳩貝が言う。

鈴木はゆっくりと顔を上げ、鳩貝を見やった。やはり人の好さそうな、おっとりした青年だ。その表情に嘘はなく、純朴そのものに映る。

鈴木は眉をひそめて、

「あのう、……きみ、お祖父さんになにしたん？」

と言った。

「え？」

「このお祖父さん、えらい怒ってはるで。ものすごい形相や。関係ないおれでもおっかないわ。……きみ、なにをやらかしてこないに怒らせたんや？」

4

大晦日の夜を、森司は予定どおりアパートに一人で過ごした。

総合格闘技の特番と紅白歌合戦を交互に見つつ、発泡酒ではなくビールを啜りながら、一人鍋を堪能した。

具は白菜、葱、豆腐、鶏肉、鱈。スーパーで特売だった半分カットの白菜を、同じくアパートに残っている院生の先輩とさらに半分ずつ分けたのだ。葱も同様に、一本を二人で分けた。

鶏肉は森司宅の冷凍庫から発掘されたもので、鱈と豆腐は先輩の提供である。「豆腐は消費期限が昨日だから、必ず食いきれよ」とのお言葉付きであった。

「まあ加熱したから大丈夫だろう……。うん、やっぱり美味い」

昆布出汁で煮て、ポン酢醤油でいただく。

まず間違いのない調理法だ。冬野菜は鍋に、夏野菜は天ぷらに。これでまずくなる野菜はこの世に存在しない、と森司は思っている。

「おでんもいいけど、冬はやっぱ鍋だよなあ。味に飽きたら柚子胡椒を足せばいいし、七味も有効だし、たまに粉チーズなんかも……」

よく煮えた葱を口に放りこんで、「あちち」と顔をしかめる。すかさず冷えたビール

で舌を冷やす。

カーテンをなかば開けているので、しんしんと降り積もる雪がよく見えた。

雪を横目に、あたたかい部屋で熱い鍋と冷えたビールを楽しむ。うーん、と森司は唸った。真冬にこれ以上の贅沢があるだろうか。

——しっかし、大晦日まで他人の幽霊騒動を聞く羽目になるとはな。

森司はひとりごち、昼間の一件を回想した。

藍、こよみ、そして百々畝凪とカフェにいた最中のことだ。

鈴木瑠依から電話がかかってきたのである。

「八神さん、年の瀬にすんません。じつはその、飛びこみで相談を受けてもうたんですが、もしかしたら緊急性があるかもで……。おれ一人では手に余りそうなんです。八神さん、いまどこですか？」

森司は思わず「おまえもか」と呻いてしまった。

「こっちはこっちで相談にのってるよ。いま、藍さんと灘と一緒だ。緊急性はまだ不明だが、亡くなったお祖母さんがドアの陰から覗いてくるらしい」

「はぁっ⁉」

鈴木が、彼らしからぬ頓狂な声を上げる。

しばし絶句したのち、彼は言った。

「八神さん。たぶんですが……おれらもそっちに合流したほうがええ気がします。いや、させてください」と。

そうして鈴木と鳩貝大樹は、約三十分後にカフェへやって来た。

「な、灘こよみさんだ。本物だ」

と鳩貝は最初のうちこそ固まっていたものの、凪の話と自分の相談との不思議な相似を知るや、

「へぇえ。そんなことって、あるんですね……」

感嘆し、ついでに体の力をふっと抜いた。

「似てるけど、でも直接の関係はなさそうですね。うちは百々畝さんと違って、素封家でもなんでもないし……。むしろ真逆の、由緒正しい平民です」

アップルパイをフォークで切り分け、そう自嘲する。

「祖父は山間の寒村生まれでしてね。貧乏人の子沢山で、そりゃあ苦労して育ったそうです。なんとか村を出て仕事を見つけたはいいが、同じく村を出た兄弟はみんな博打や酒で身を持ち崩し、祖父の稼ぎにかぶさってきました。晩年になってようやく生活は安定しましたが、今度は息子――おれの父です――が事故で早死にした。……最後まで、気の休まらない人生だったと思います」

鳩貝は指で目がしらを押さえて、

「そんな祖父に、おれも弟も可愛がってもらいました。だから成仏できないなんて、そんなことはあってほしくないんです……」

と声を落とした。

「ごめん。その画像、おれにも見せてもらえるかな」

森司は声をかけた。鳩貝の祖父が覗いている構図で、鳩貝には笑顔に、鈴木には憤怒の形相に映るという画像だ。

鳩貝のスマートフォンをしばし確認して、

「……うーん。おれにも笑顔のお爺さんに視える」

と森司は唸った。

「おれと鈴木の〝視える〟力にさほど差はないけど、合う合わないはどうしたってあるからなあ。たぶんおれは鳩貝くん寄りで、鈴木は祖父さんが怒ってる〝誰か〟寄りなんだろう」

「つまりおれが画像から感じとった怒りは、その正体不明の誰ぞに向けられたもんや、ゆうことですね」

鈴木がうなずきながら「それなら納得です」と言う。

ちなみに藍、こよみ、凪に祖父の姿は視えなかった。「すこしだけ開いた襖と、壁しか写っていない画像だ」と三人ともが口を揃えた。

すべてを聞き終えたのち、

「……話を総合するに、これは、不本意ながら――」

藍が腕組みして言った。

「やっぱり部長の助言が必要みたいね。不本意ながら」

「全文同意です」

森司はうなずいた。

そうして藍は、その場で黒沼部長に電話をかけた。

だが残念ながら成果はなかった。

真っ昼間にもかかわらず、部長は泥酔していたのである。

「ごめーん、親戚にしこたま飲まされちゃった。いまは駄目。無理。頭が働かない。悪いけど、ざっとでいいからあらましをメールしといてよ。今夜じゅうに読むから。いまは、ほんっと無理」

次いで藍は泉水に電話した。

「え、おれか？　おれは深夜までバイトだ。抜けるのも、本家をこっそり連れだすのも無理だな。そうしたいのはやまやまだが、知ってのとおりおれは分家の次男坊だ。正月まっただ中の本宅に踏み入る権限がない」

「もう！　親しい従兄の家に行くのに権限だのなんだの、ほんっと黒沼家ってどうなってんの！」

と藍はおかんむりだったが、

「わたしが文章にまとめて部長に送ります」

とこよみがなだめ、なんとか場はおさまった。

「じゃあひとまず、部長の返信を待ちましょ。百々畝さん、鳩貝くん。この場でLINEのグループを作るから、もしなにかあったらここに連絡して」

そう藍が仕切り、解散したのが午後一時半。

森司は帰る道すがらスーパーに寄り、食材やビールを買い足した。さらに院生の先輩と鍋の具を分けあい、風呂に入り、鍋を仕立てて現在にいたる。

――いまごろ部長は、酔いつぶれて寝てるかな。

二本目のビールを開けて、森司は思った。

百々畝家のような儀式は黒沼家にはなさそうだ。しかし似た匂いを持つ旧家ではある。

おまけに黒沼麟太郎部長は、その総本家の跡取りだった。

本人の意思にかかわらず宴席に駆りだされ、好きでもない酒を朝から晩まで飲まされる。どれほどの苦行かは、他人の森司でさえおぼろげに想像がつく。

――本家をこっそり連れだすのも無理だな。そうしたいのはやまやまだが。

電話越しに聞いた、泉水の言葉をほんのり思いだす。

藍よりもっと現状が歯がゆいのは、泉水であり、黒沼部長本人だろう。いや、もちろん藍とてわかっているのだ。わかっているからこそ、彼らの代わりに文句を言ってみせた。代弁することで、ささやかながらガス抜きをしてやった。

――ほんとうちの先輩って、お人好しばっかだよな。

そう思いつつ森司は立ちあがった。

あらかた食べ終わった土鍋を、キッチンのコンロに置いて火を点ける。

残り汁が煮立つまでの間に、冷凍庫を開けてうどんを出した。

年越しと言えば蕎麦だが、やはり鍋にはうどんである。冷凍のまま放りこみ、出汁醤油を足して、さらに卵を割り落とす。

通常ならば森司はこしのあるうどんが好きだが、鍋の締めに限ってはくたくたに煮たうどんが好きだ。出汁醤油を吸ったうどんが、茶いろく染まるくらいがちょうどいい。味が濃いほうがビールに合うし、多少塩辛くとも、卵の黄身が全体をまろやかにしてくれる。

「うん、美味い。美味すぎる……」

――一人の年越しも意外と悪くないな。

うどんを啜って、そうしみじみした瞬間、携帯電話が鳴った。

グループＬＩＮＥの着信音である。液晶を覗くと、メッセージの発信者は鳩貝だった。

森司が吹きだしを目で追う間に、またも着信音が鳴る。今度は凪からだ。

鳩貝いわく、

「ついさっき、母も祖父を視たみたいです。怯えちゃって年越しどころじゃありません。母ははっきり言いませんが、鈴木くんと同じく、激怒した祖父が視えたようです」

　次いで凪いわく、

「さっき玄関ドアを激しく叩く音がして、スコープから外を見ても誰もいませんでした。でもほっとして家の中を振りかえったら、浴室の扉がすこし開いて、隙間から祖母が覗いてたんです。鳩貝くんのケースとは違って、怒った顔はしてませんでしたが……はじめて祖母を『気持ち悪い』と思いました。怖いというか、なんだか得体が知れない感じがして」

　さらに一分後、新たなメッセージが表示された。

　黒沼部長であった。

「ついさっき目が覚めて復活した。ごめんね」

　と前置きしてから、彼は矢継ぎ早にメッセージを打ってきた。

「百々畝さん、どうもこんばんは。LINEで頼みごととして悪いけど、元旦にご実家に顔を出すようなら、アルバムを持ちだしてもらえないかな。お祖母さんの妹だという、ミネさんの写真を探してほしい」

「それから鳩貝くんは、お母さんと話してみて。お祖父さんはどうやら、きみにも弟さんにも怒っちゃいない。鈴木くんが感じとった怒りは、お母さんに向いているようだ。あとお仏壇のまわりも確認してほしいな。もしかしたらお母さんが間違った作法か、お母さんの生まれ地方の作法でご供養したせいで、怒らせちゃってるのかも」

　素晴らしく早いタイピングだった。

最後に「よいお年を」と付けくわえ、部長は通信を切りあげた。

5

泉水を含む一同があらためて会したのは、二日の昼過ぎであった。

場所は藍の知人が経営する洋風居酒屋の個室である。

メンバーは藍、泉水、森司、こよみ、凪、鳩貝の六人だった。鈴木はバイトで、部長はいまだつづく正月の宴で残念ながら欠席だ。

店側の好意により柚子アイスと熱いお茶、同じく熱いおしぼりが提供された。

往路でかじかんだ指を、森司はおしぼりと湯呑みの熱であたためた。

「ええと……じゃあ、どっちから話してくれます？」

「あ、わたしは長くなりそうなので、よかったらお先にどうぞ」

と凪が鳩貝に譲る仕草をする。

先輩に気を遣われて恐縮だったのか、鳩貝は何度か頭を下げたのち「では」と咳払いした。

「お言葉に甘えて、おれから話しますね。と言っても申しわけないことに、あまり成果らしい成果はなかったです。仏壇まわりには、とくにおかしいところはありませんでした。ごく普通に正月用の花や果物、餅などが供えてあるだけです。埃もかぶってないし、遺影が倒れてるようなこともない。一応ネットで作法を調べましたが、ローカルに偏ってる様子もなかったです」

「お母さんのほうはどう？　なにか話せた？」

藍が問う。鳩貝は眉を下げて、

「それが、どう切りだしていいかわからなくて。一応『なにか隠してることない？』とは、訊いてみました。『お祖父ちゃんがおれたちに怒ったりするわけない。きっとなにか誤解があるんだと思う。心あたりないかな？』って」

「で、どうだったの？」

「母は困っている様子でした。というより、言葉を濁してましたね。正直、なにかありそうな気はしたんですが……強く追及できませんでした」

鳩貝は目を伏せた。

「父が死んでから、母はそりゃあ頑張っておれたちを育ててくれました。それを目のあたりにしてきただけに、きつくは言えないんです。なんか、ちょっと口ごたえするだけでも、親不孝な気がして」

「わかるわ」藍がねぎらうように言う。

鳩貝はほのかに笑った。

「死んだ父は、祖父にとっては次男でした。でも長男である伯父が、博打好きな親戚に感化されてしまいましてね。父は伯父のぶんも挽回するかのように、堅実な職に就いて堅実な女性と結婚した。祖父の期待どおりにね。だから祖父にとっても、母はお気に入りの嫁だったはずです」

「生前に、お母さんとお祖父さんが言い争ったことは？」

「一度もありません」

きっぱりと鳩貝は言った。

「たまに両親がかるい喧嘩になっても、必ず祖父は母の肩を持ちました。『おまえにはもったいない嫁さんなんだぞ』と。だからほんと、祖父が母に腹を立てるなんて、想像もできないというか……」

鳩貝がうつむいて考えこむ。

代わって凪が、

「ええと、では次は、わたしが」

と話しはじめた。

「昨日実家に行って、部長さんの指示どおりアルバムを確認してきました。結論から言いますと、ミネさんの写真は見つかりました」

ここにあります――。と横に置いていたナップザックから、ぶ厚いアルバムを取りだしてテーブルに置く。

「七ページ目の、家族写真の下に重ねてあったんです。裏書きを見て、ミネさんだとわかりました」

一葉の写真を抜き、凪は裏を一同に見せた。セピアに褪せた写真に、これまた褪せたインクで『昭和三十九年四月十六日、ミネ』と記してある。

「うわ、百々畝さんそっくり」

藍が息を呑んだ。

写っているのは十六、七歳の少女だった。腰をベルトで締めるタイプのワンピースを着て、レンズにやや硬い笑顔を向けている。

ほんとうに似ている、と森司も心中で同意した。写真の少女と百々畝凪は瓜ふたつと言ってもいい。とはいえ珍しくはなかった。四親等以内の親戚が似るのは、よくあることだ。

「わたし、幼い頃からずっと〝祖母似〟だと言われてきました」

言いながら、凪が家族写真のほうを指す。

「この右端が、若い頃の祖母です。確かにわたしと祖母は似てますが……こっちのミネさんのほうが、もっとそっくりですよね？」

「うん。よく似てる」

藍はうなずいた。

「でもミネさんは勘当された身だから、親戚の誰もそうは言わなかったのね。彼女の名前を口に出すことすら、許されない空気だった」

「と思います」

凪は同意してから、若かりし祖母の隣の女性を指した。

「こちらが祖母の姉で、長女の一子。わたしの大伯母にあたる人で、六年前に亡くなりました。わたしとルームシェアしている夏海は、この一子大伯母によく似てます。でも性格は正反対かな」

と首をかしげる。

「一子大伯母は四角四面な優等生で、奔放なミネさんとは合わなかったそうですから。大叔父の話によれば、ミネさんの勘当に真っ先に賛成したのが大伯母でした。『あの子は百々畝家の恥だった』と、死ぬ間際までこぼしていたそうです」

「顔は似ても、気質までは似ないおうちなのね」

感心したように藍が言う。

確かにミネと凪も、似ているのは顔だけのようだ。凪は礼儀正しく凛とした女性である。ろくでなしの男と駆け落ちなど、絶対にしそうにない。

森司は写真をよく見ようと前傾姿勢になった。指がふと、アルバムの縁に触れた。

途端、びりっと電流が走った。

指さきから脳に直接走る。雪崩れこんでくる。

それは映像であり、音声だった。

過去だ、と森司は悟った。何十年も前の過去。このアルバムに染みついた、記憶と思いの奔流だ――と。

気づくと、森司は見知らぬ屋敷の廊下に立っていた。

冷えた薄暗い廊下に、幼い女の子たちが集められている。廊下の右側には広い庭がひらけていた。石灯籠に積もった雪や、池に張った氷からして真冬とわかる。

女児たちはみな寒そうに掌を擦りあわせ、足踏みをしていた。いつもの厚いセーターやニットではなく、薄っぺらいお洒落着を着せられているせいだった。

なぜってここは本家だから。

しかもまだ夜の明けきらぬ、午前五時の元旦だからであった。

そして正装の紋付を着込んだ男が、板張りに片膝を突いている。四十代なかばに見えた。彼は女児たちに、低い声で言い含めた。

――いまから一人ずつ、あそこへ入って中を見ておいで。

長い廊下の突きあたりにある、閉ざされた襖を男は指した。

扇とひさごが金箔で描かれた、豪奢な襖である。しかし奇妙にくすんで見えた。奥座敷のあたり一帯が、なぜか仄暗くよどんで映る。

――怖いと思ったら、入らなくてもいい。

男は言う。だが入ってしまったなら、奥座敷で視たものを、必ずわたしに報告しなくてはならないよ、と。

――大丈夫だ。たいがいの子はなにも視えない。視えなかったなら、それはそれで正直に言えばいいだけだ。現にここ三十年は、なにも起こっちゃいない。

まず最初に、男の長女が向かった。

一子だ、と森司は悟った。

凪の大伯母である。なぜかいまの森司には、それがわかった。この中では最年長の十二歳だ。

長い廊下を進んでいく一子の背中が、やがて薄闇に呑まれた。

森司は目を凝らした。

見えなかった。一子はもちろん、さっきまで目に映っていたはずの、扇とひさごの襖が見えない。廊下の向こうは薄黒い霧にも似た、どんよりした闇に包まれている。

やがて一子は戻ってきた。

そして言った。「なにも視えなかった。なにもいなかったよ」と。

次に向かったのは男の次女だった。凪の祖母、二巳子だ。

同じく薄闇から戻ってきた彼女は言った。

「ごめんなさい。怖くって、開けられなかった」

女児は七人いた。年齢順に奥座敷へ向かっては、戻ってくる。

そうして最後は男の末娘であるミネが、廊下を歩いていった。

やけに長い時間がかかった。たっぷり数分後、薄黒い闇からミネは戻ってきた。

なぜかミネは笑っていた。

「あのねえ、中に子供がいたよ」

くすくす笑いを押し殺して、ミネは言った。

「その子、踊ってた。笑いながら部屋じゅうをぴょんぴょん飛びはねてた。でもね、その子、顔は笑ってるのに、ものすごく怒ってるの。ふふ。とっても変だった。だからあたし、おっかしくって。ふふ。うふふふふふふ」

――すごく怒ってるの。ふふふふふふ。

映像はぶつりとそこで切れた。

次の刹那、誰かの悲鳴が聞こえた。

森司の意識が、急激に浮上する。過去と断ち切られ、ぐん、と上へ引きあげられるのがわかる。仄暗い廊下が遠ざかっていく――。

はっ、と森司は目を見ひらいた。

まず視界に入ったのは、泉水だった。次いで藍が、こよみが、凪や鳩貝が目に入る。みな怪訝そうに彼を覗きこんでいた。

森司は汗ばんだ額を拭ってから、

「み……視えた、みたいです」と呻いた。

「アルバムを通して、いま……視えました。たぶん、昭和二十年代かな。そのくらいに、起こったことだと思います」

凪と鳩貝を見やって、付けくわえる。

「ごめん。驚いただろうけど、ごくまれにこういうのがあって……。いつもじゃないけど、波長が合うと〝記憶〟そのものが体感できる日もあるんだ」

そうして森司は話した。

たったいま見聞きしたことのすべてを。おそらく昭和二十年代の元旦に起こっただろう出来事の、一部始終を。

「……お、大叔父に、電話してみます」

震える声で凪は言った。その顔は、血の気を失って蒼白だった。

「この場で電話して、確認しますから――。すこしお待ちください」

電話はほんの数分で済んだ。

スマートフォンをバッグにしまいなおした凪が、一同に向きなおる。彼女は白い顔をしたまま言った。

「八神さんの言ったこと、いえ、視たことは、正しいようです。廊下にこそ出なかったけれど、大叔父もやはりその場にいました。当主である曾祖父と選ばれた女児以外は、障子一枚隔てた大座敷で、儀式が終わるのを待っていたんです」

だが儀式は絶叫で終わった。

一子があげた悲鳴であった。

慌てて一同が駆けつけてみると、当主は廊下に仰向けに倒れ、目を見ひらいたまま絶命していた。心臓発作だった。

ミネの言葉を聞いた瞬間、あまりの衝撃に彼の心臓は止まったのである。

「――曾祖父を亡くした家は、見る間に没落したそうです」

跡を引き継いだのは、弱冠十四歳の長男であった。

まわりの親類が補佐にまわったものの、「若い当主など、舌先三寸でどうにかなる」「いくらでもまるめこめる」と寄ってくる有象無象どもを、完全に追いはらえはしなかった。

坂道を転げ落ちるような百々畝家のありさまに、周囲の対応は露骨に変わった。

とくに銀行が態度を変えたのが痛かった。あれほど「借りてください。けして損はさせませんから」と低姿勢だった銀行は、風向きが変わったと見るや、貸し剝がしすれすれの無茶な返済を迫ってきた。

だから若い当主は、末妹のミネを恨んだ。

「ミネがおかしなことを言ったせいで、父は死んだのだ。ミネが殺したも同然だ」

と、あからさまに彼女をなじって疎んだ。己の不甲斐なさへの憤懣を、すべてミネへの怒りに転化した。

家に居場所をなくしたミネは、やがて外界に救いを求めた。恋人を作ったのだ。そして十八歳で駆け落ちし、彼女は行方をくらました。

「大叔父は『黙っていてすまなかった。だがミネがいなくなったときは、正直言ってほっとした』と言ってました」

凪は声を落とした。

「『あのまま家にいても、ミネはつらいばかりだったろう。おれたちもつらかった。ミネをどう扱っていいか、どう接したらいいのか誰もわからなかった』と」

言葉を切って、彼女は決然と顔を上げた。

「――でもわたし、今回のことで確信できました。ドアの隙間からいつも覗いてくるのは、祖母じゃない。このミネさんです」

写真の少女を指す。

「この前はじめて、わたしは覗く視線を〝気持ち悪い〟〝得体が知れない〟と思いました。でもそれは、いま思えば違和感でした。――あのときの彼女は、いつもより気配が濃かった。あきらかに祖母じゃなかった。ミネさんの気配だったんです」

きっぱりとした口調だった。

しばしの間、個室に沈黙が流れる。

「……あの、いいですか？　すみません」

こよみが挙手した。

「わたし、今日この場で聞いたことを全部、逐一部長宛てに送っていたんです。たったいま、部長から電話がありました」

スピーカーフォンにしますね、と告げて、こよみが携帯電話を置く。

「もしもし、ぼくだけど聞こえる？」

部長の声が流れだす。

「ああ、聞こえる」泉水が応じた。

「じゃあしゃべらせてもらうね。百々畝さん、鳩貝くん、今回も会えなくてごめんね。ちょっとぼく、いま実家から出られない身なもんで」

「あ、いえ」

「こちらこそどうも」

面食らった様子で凪と鳩貝が返事をする。部長は言葉を継いで、

「話を聞くだに、百々畝さんのお宅はかなり強いものを〝飼ってる〟んだね。うーん、あんまりおすすめできないけど、黒沼家のぼくが人ん家のことどうこう言えないか。いつまで抑えておけるか不確かとはいえ、すぐ放すのも無理だろうしなあ。しばらくは飼い殺しにするしかなさそう」

と言った。

「とりあえずは目先の件を解決するしかないね。百々畝さん、鳩貝くん、きみたちは自宅でしか祖父母を――じゃなかった、お祖父さんとミネさんを視ないの？　それとも、自宅以外でも目にしたことある？」

「おれは自宅でだけです」と鳩貝。

「わたしは外でも視ました。とはいえ、マンションのまわりでしたけど」

　と凪が言う。

「そっかぁ」部長が唸（うな）った。

「それじゃ今回もお願いがある。お正月なのに申しわけないけど、二人のお宅をうちの部員に見せてやってもらえないかな。泉水ちゃんと八神くんの感想が聞きたいんだ。それと藍くん、ご無礼をはたらくんだから手土産を忘れないでね。そのぶんの代金は、あとでぼくに請求して」

6

　鳩貝家は電車で二駅離れた住宅街に建つ、瓦（かわら）屋根の木造二階建てだった。

　築四十年ほどだろうか。古いことは古いが手入れがよく、きっちりと冬囲いされた松や橡（とち）の木が、厳しい雪の重みに耐えていた。

「ああ、いますね」

「だな」

　一歩入って、森司は泉水とうなずきあった。

　とはいえ家内の雰囲気はけして悪くなかった。すくなくとも害意は感じない。

　怒りはあるが、疑問や不満、困惑などと混ざりあっている。「なぜ」「どうして」という素直な疑問だった。悪霊特有の、こじれて凝り固まった気配はない。

無礼な来訪者を、鳩貝の母親はこころよく許してくれた。小柄でふくよかで、見るからに穏和そうな中年女性である。

弟はまだ中学生で、母親似だった。ちょっと恥ずかしそうながらも、はきはきとした挨拶にしつけのよさがうかがえた。

「お線香を上げさせてください」

そうオカ研一同は鳩貝の母に申し出、一人ずつ仏壇の前に座った。

まずは泉水。次に森司である。

遺影の祖父は照れくさそうに口の端で笑んでいた。よく日焼けした顔に、意志の強そうな口もと。生前はさぞ働き者だっただろう独特の風格があった。

一時間ほど滞在して、おいとました。

鳩貝を連れ、次に向かったのは、凪が従妹とともに暮らす賃貸マンションである。

凪たちは六階に住んでいた。日当たりのいい、南東向きの2LDKだ。ハーフリヴィングでバルコニーが広い。学生二人で住むには十二分と言える部屋だった。

「珍しいねー。凪ちゃんがこんなに大勢、お友達呼ぶなんて」

ファー付きコートを羽織った夏海が声をあげる。

ラメ入りのアイシャドウに縁どられた、大きな目が印象的だ。その顔立ちは、なるほどアルバムの一子大伯母によく似ていた。

「すみません。二日からこんなに大勢で」

「いえいえ。あたしもこれから遊びに行くんだし、お互いさま。凪ちゃーん、あたし今日は晩ごはんいらないよ」

「わかった。いってらっしゃい」

凪は手を振って、出ていく夏海を見送った。玄関のドアが閉まるやいなや、泉水と森司を振りかえる。

「あの……それで、どうですか。いまもミネさんはいますか？」

「います」

「いますねえ」

泉水とともに、森司は目をすがめた。

そう、確かにいる——。リヴィングの観葉植物の陰から、女性の片腕だけが覗いている。

そして体があるべき場所には、なにもない。あの角度で腕が突き出ているならば、後頭部や肩、背中も見えていないとおかしい。なのに白い腕だけが、不吉な枝のようにぬるりと曲線を描いている。

「でも害意はないと思います。悪意はすこしある……かな？　と言ってもおれたちに向けた悪意じゃないですね。もしかしたら、なにか知らせたいのかも」

「知らせたい？」

「なにかの警告ですかね。なんか、こみいっててわかりづらいです。抱えた情報が多すぎる、というか」

「だがおおよそはわかった」

泉水が言って、携帯電話を取りだした。

「情報の整理は、うちの殿様にやらせるとしよう。おれたち歩兵は報告で充分だ。あいつは足を使わねえんだからな、せいぜい頭を使ってもらう」

殿様をこき使う宣言を堂々としてから、彼は電話をかけた。

さいわい部長は暇な時間帯だったようで、すぐに応答した。報告をふんふんと聞き、さっそくスピーカーフォンで指示をはじめる。

「えーと、まず鳩貝くんのほうからね。いやかもしれないけど、お母さんのスマホを覗いてくれないか。状差しや抽斗も確認して。もし不審な着信や封書があったら、それをもとにお母さんを問いつめてほしい」

彼はいったん言葉を切り、

「それと並行して、藍くんに頼みがある。鳩貝くんも、もし早めに片づいたら、次の計画に協力してほしいな。……あと泉水ちゃん。ぼく四日の朝に抜けだすから、車でこっそり迎えに来てよ。このまま松の内が過ぎるまで実家にいたら、肝硬変か痛風になりそう」

と嘆息した。

7

街が雪に覆われると、カーテンを閉ざしていても外を明るく感じる。

いや、正確には白く感じるのだ。月がなくとも雪の照りかえしで、世界全体が仄白くほんのりと灯る。

その白い世界の中、瀟洒な高層マンションは灰いろにくすんで見えた。

時刻は午後十一時過ぎだ。

エレベータが六階で停まる。降りてきたのは夏海であった。

玄関ドアを開けて、彼女は室内の暗さに驚いた。壁を手さぐり、灯りを点ける。沓脱には、凪のブーツがなかった。

「凪ちゃん、いないの？」

声をかけながら廊下を歩き、リヴィングへ入る。

蛍光灯を点けた。だがやはり凪の姿はなかった。代わりにロウテーブルに、メモ書きが置いてある。

――夏海へ。出かけてきます。帰りは遅くなると思います。

「へえ、凪ちゃんがぶっつけで夜遊び？　ほんと珍しい……」

耳朶からピアスをはずしながら、夏海は瞠目した。

おそらくは、昼に来た雪大の仲間と出かけていったのだろう。堅物の従姉にあんな友達がいるとは知らなかった。しかも女だけでなく、何人か男も混じっていた。

「帰ったら問いつめてやろっと」

ひとりごちて、タイツを脱ぐ。

膝下まで下ろしたところで、ふと夏海は肩越しに振りかえった。視線を感じた気がしたのだ。だが、むろんなにもない。誰もいはしなかった。

「あは、ばっかみたい。なにしてんだろ……」

自嘲を洩らし、タイツを爪さきから抜く。洗面所へと向かう。

洗濯ネットにタイツを入れて、洗濯機に放った。ついでに鏡を覗いて、

「やだ、パンダ目んなってんじゃん……。毛穴も浮いてるし、最悪……」

そうつぶやいたとき。

どぉん、と胃に響く音がした。

玄関のドアだ。

誰かが叩いている。いや、蹴っているのかもしれない。どぉん、どぉん、どぉん、とつづけざまに鳴る。止まらない。

夏海は廊下へ走り出た。目もとが引き攣るのが、自分でもわかった。

このマンションはオートロックではない。代わりにモニタ付きインターフォンとサムターン式の鍵で防犯しているが、基本的には誰でも出入りできる。

――こんな夜中に、外からドアを蹴るなんて。

酔っぱらいだろうか？　いや違う、と夏海は打ち消した。

これはいたずらなんかじゃない。無差別でもない。

ドア一枚隔てた向こうに、彼女は意思を嗅（か）ぎとった。

これは故意だ。意図的だ。誰かがはっきりとした目的を持って、いまあたしの家を狙い撃ちしてる――。

ためらわず、夏海は沓脱に降りた。

ロックをはずす。スコープを覗くことなく、扉を開ける。

冷えた外気が頬を叩いた。

無意識に顔を歪（ゆが）めた刹那（せつな）、彼女の目はあるものをとらえた。

女もののスニーカー。そしてノートだった。どちらも先月、凪が「なくなった」と騒いでいたものだ。ドアの前に、ひどく整然と置かれている。とくにスニーカーは、ドアに爪さきを向けて揃えられていた。

からかわれている、と夏海は感じた。

からかわれている。嘲（あざけ）られている。その嘲りは、おそらく自分に向けられたものだ。

夏海の頬に、かっと血がのぼった。

左右を見まわす。非常階段の近くで影が揺れたのがわかった。

フードをかぶった男だ。

裸足のまま、夏海は走った。

階段を男が駆けおりていく。かまわず追った。裸足なことも、コートを着ていないことも気にならなかった。怒りで視界が狭い。呼吸が浅い。

男はもたついていた。思ったよりも足が遅い。

夏海は手を伸ばし、男のフードを掴んだ。

「ちょっと！」

時刻を忘れて怒鳴る。

「ちょっと、約束と違うじゃないの！　来いなんて、今日は言ってな――……」

そこで、彼女は絶句した。

フードの下からあらわれたのは、知らない男の顔だった。

いや、どこかで見たことがある。ああそうだ。これは昼間に、凪を訪ねてきた男女のうち一人だ――。

そう気づいた瞬間、強い光が目を射た。

懐中電灯の光だ。夏海は顔をしかめ、首をそむけた。

「あー……、ごめん。いきなり知らないやつの登場で、びっくりしたよな？　その子、雪大の後輩なんだ」

薄暗い階段の踊り場に、懐中電灯の持ち主の声が響く。

「驚かせてごめん――。って言うのも変か。えー、ともかくいろいろばれてるから、もう観念したほうがいいよ。……すいません泉水さん、やっぱこの役、おれ苦手です。交替してください」

やはりうんうんとうなずいていた。

「大丈夫だ。うまくやれてるぞ」

「そうよ八神くん、よくやってる」

先輩たちが親指を立て、小声で後押ししてくる。夏海の手を逃れて隅へ走った鳩貝も、

懐中電灯の持ち主こと森司は、あきらめて夏海に向きなおった。

「あー……、こっちには、じつは百々畝凪さんもいるんだ」

懐中電灯が照らすまるい光の中、夏海が目を見ひらく。

ふたたび森司は胸中でぼやいた。

——やっぱいやだなあ、この役。

なぜって彼には、夏海の視界が手にとるようにわかる。

懐中電灯越しの薄暗い闇に、彼女はいま森司を見ているに違いない。その背後には凪がいる。そして凪の向こうに、夏海はもう一人の女性を見ているはずだった。

凪の体に半身を隠して覗いている女性。

その双眸(そうぼう)に暗い怒りと恨みをたたえた、十八歳の百々畝ミネを。

「——おまえ！」

弾かれたように、夏海はつばを飛ばして叫んだ。

「おまえってやつは、いったいどこまでわたしを邪魔するんだよ！」

形相が変わっていた。そこにいるのは、もはや夏海ではなかった。

百々畝一子だった。凪の大伯母であり、ミネの長姉であり、あの元旦に儀式の一番のりをさせられた少女であった。

——ふふ。

嘲るようにミネが笑う。笑う声が森司の脳裏に響く。

——なにを言ってるの。

姉さんだって、視たくせに。

あの元旦に、あの奥座敷で、姉さんだってわたしと同じものを視たくせに。

——なのに、ずるをして言わなかった。

わたしじゃなかった——。そうミネは言う。

禁忌を破ったのは、わたしじゃなかった。わたしは言われたとおり、目にしたものをそのままに報告した。

——嘘をついて、隠して、儀式を台無しにしたのは一子姉さんのほう。

「うるさい！」

一子は喚いた。その頬は蒼白で、全身は瘧のごとく震えていた。

あの朝。

あの元日の朝。

百々畝家の長女一子は襖を開け、奥座敷に子供を視た。目を見ひらき、満面に笑みをたたえて飛びはねながら、怒り狂う子供をその目に映した。

しかし彼女は戻って、父親に告げたのだ。なにも視なかった、と。

次女の二巳子は襖を開けなかった。どうしても、怖くて開けられなかった。だから戻って正直にそう申告した。

そうして三女のミネだけが、あれを告げたのだ。

聞いた途端、当主である父は卒倒し、心臓の動きを止めた。だからみな、ミネの言葉が彼を殺したのだと思った。誤解した。ただ一人わかっていたのは、当時十二歳の一子だけだった。

彼女は正しく理解していた。わたしだ。わたしが戒めを破ったからこそ、父は死んだのだ――と。

「でも、姉さんは認めたくなかった」

凪が言う。凪の口を借りて、ミネが長姉を糾弾する。

「自分の罪を認めたくなかったから、全部わたしのせいにした。後継ぎの兄さんに、わたしが悪いと吹きこんだ。わたしがすべての元凶だと、疫病神だと、わたしが実家から消えるまでの十四年間なじりつづけた」

「うるさい、うるさい！　黙れ！」

一子は絶叫した。

「違う、わたしは悪くない！　あのとき、おまえさえ黙っていればよかった。おまえのせいで、お父さんは死んだんだ！」

目が吊りあがり、人相が変わっていた。

「お父さんが生きてさえいれば、あんな惨めな暮らしにはならなかった。なにもかも、全部おまえのせいだ！」

いや違う。森司は思った。

確かにある程度の没落はまぬがれなかった。しかし百々畝家はけして、惨めと言える暮らしぶりにまでは落ちなかった。

財を半分がた失い、銀行の貸し剝がしを受けてさえも、百々畝家は十二分に富裕だった。なにより寺の過去帳にまで意を押しとおした痕跡に、その権勢ぶりははっきりあらわれている。

惨めだと、辛酸を舐めたと感じていたのは、最盛期の贅沢を記憶にとどめる長男と長女の一子のみだった。

「姉さんは、プライドが高すぎた」

ミネは言う。

「没落したとはいえ、百々畝は名家だった。誰も笑ってなんかいなかったのに」

しかし、見下されていると彼女は思いこんだ。

誰にも相手にしてもらえなくなるのではと、強迫観念にかられて怯えた。その怯えは、一子を陰で奔放にさせた。体を使って村の男たちを操ることで、彼女は自分の地位を保とうとした。

「でも姉さんにとって、それは屈辱でもあった」

自分から仕掛けたくせに、誘いにのった男たちを憎んだ。同時に己を嫌悪し、煩悶し、そのもやもやをすべて、ミネへの怒りにすり替えた。

「——なぜってそのほうが、楽だったから。姉さんが楽になれたから」

一子が言葉に詰まる。

その隙を突くように、藍が口をひらいた。

「夏海さんが通う専門学校に、あたしの後輩の弟妹も何人か通っていてね。夏海さんの評判を、たっぷり聞かせてもらったわ。……男子からはおおむね高評価。女子からは、失礼だけど糞味噌な言われようだった。いわく、『典型的サークルクラッシャー』『気に入らない子を、男を使って陥れる』『厄介な男を、ほかの女子に押しつけるのがうまい』等々……」

「ふうん。また同じことをやってるのね」

ミネが薄笑った。

「姉さんの手管はいつも同じ。男を夢中にさせておいて、そいつにわたしの悪評を吹きこむ。『わたしたちの仲を末妹が邪魔してる』『ろくでもない女だ』とさんざん罵るくせに、いざその男が鬱陶しくなったら、『うちの妹ったら、あなたのことが好きらしいの。だからわたしたちに嫉妬して、仲を裂こうとしていた。あれで意外と可愛いとこがあるのよ』とそそのかす。男がわたしに対してその気になるまで、繰りかえし繰りかえし――、ね」

「百々畝凪さんは、おれたちに言いました」

森司は口を挟んだ。

「『最近、得体の知れない視線が増えた。夜中におかしな物音がした。身のまわりのものがしょっちゅう消えた。靴や自転車がぐっしょり濡れて、ドアの前に死んだ雀が落ちていた』と。どれも霊現象なんかじゃあない。古典的ないやがらせであり、ストーカー行為ですよ。そして沓脱に置いた靴が濡れたり、家内で持ちものが消えたなら、どう考えても内部の手引きがあったに決まってる」

「姉さん」

ミネが胸に手を当てた。自分の――いや、凪の胸に。

「この子は、わたしじゃない、わたしじゃないのよ」

一子の瞳が大きく揺れた。

「わたしじゃない。わたしに似ているだけの、姉さんの甥の娘に過ぎない。なのに姉さんは、まだわたしを憎んでる。まだわたしを消し去りたいのね」

ミネがゆっくり森司を振りかえり、

「……わたしはあの日、どこへも行きやしなかった」

と言った。

「あの日、わたしは駆け落ちなんかしていないの。——この人はね、自分の男をそそのかして、わたしを殺させたんです」

言いきって、一子に向きなおる。

「でも姉さんは、いまもまだ飽き足りない。殺しても殺しても、姉さんの妄執は尽きない。なぜだかわかる？　わたしや又姪を殺しても、意味はないのよ。だって姉さんがほんとうに恐れているのは、姉さん自身だから」

森司は見た。

一子の、いや夏海の顔がぐにゃりと粘土細工のように引き歪み、皮膚が波打つのを見た。目鼻がずれて、異様な顔貌になる。頬が、唇が蠢動する。

混乱しているのだ、と彼は悟った。

一子は混乱している。夏海と、分離しかけている。

「あのとき、姉さんは言わなかった。奥座敷で見たものを、わたしにだけ言わせた。でも、心の底では知っているのよね。父さんを殺したのは自分だ、儀式を台無しにしたのは自分自身だ、って。いくらわたしに押しつけて、ごまかしても無駄よ。だって真にあなたが後悔して、憎んで、消してしまいたいのは——」

夏海の喉から、ぐうっと低い呻きが洩れた。

嘔吐するような、悲鳴を押し殺したような、だがそのどちらでもない音だった。

一瞬、夏海は棒立ちになった。

次いでその場にくたり、と崩れ落ちる。

空気の抜けたゴム人形を思わせる動作だった。床に倒れた横顔が青白い。完全に、気を失っていた。藍が急いで駆け寄る。

「に、――……」

ミネが天を仰いだ。

「逃げた……。また認めずに、逃げた」

――ほんとうに、ほんとうに卑怯なひと――。

拳を握る。きつく唇を嚙む。長い長い沈黙が、室内を支配した。

その静寂を破ったのは、泉水だった。

一歩前へ踏み出て、問う。

「あなたは、どこですか？」

ミネがぼんやりと彼に目を向ける。泉水はいま一度言った。

「どこにいますか」

ミネの唇が動いた。森司の角度からは見えなかった、しかし確かになにかを告げたとわかった。

彼女の首が、がくりと落ちる。

やがてひどく緩慢に持ちあがる。

戸惑いつつ瞬く瞳は、すでにミネのものではなかった。凪自身の瞳であった。床にくずおれた夏海と、彼女を抱える藍を見下ろして啞然としている。

「阿愈ヶ岳の山腹、だそうだ」

泉水は森司に言った。

「百々畝ミネ嬢の死体は、そこに埋まっているらしい。どのあたりか正確にわからんのが痛いがな。——本家から通報させよう。黒沼家は、警察にも顔が利く」

8

あれから二夜が明けた。

「おかげさまであれ以来、祖父の姿を視ていません」

鳩貝からそう届いたメッセージを、森司はアパートで一人読んでいた。

外界はさらなる雪に埋もれ、除雪車が道脇に寄せてできた雪壁はついに二・五メートルを超えた。

道路の雪はタイヤ跡を残したまま凸凹に凍り、徒歩五分のコンビニへ行くのも往生するありさまだ。

じつは鳩貝家の祖父騒動は、百々畝家のお家騒動に先んじて片が付いていた。

昼寝する母親の指をそっと借り、スマートフォンの指紋認証ロックを突破した鳩貝が、履歴にただならぬメールと着信を発見したからである。

鳩貝は母を揺り起こし、「なんで黙っていたんだ」と問いつめた。そして、「祖父ちゃんが怒ってる件と、これは関係あるんじゃないのか」

とも訊いた。

母親は最初こそ言い渋ったが、やがて観念して吐きだした。

祖父が亡くなってからずっと、亡夫の兄――鳩貝大樹にすれば伯父だ――に、金銭をせびられていたことを。

「遺産がこれっぽっちのはずがない。あんたが隠して一人じめしたんだろう。腹黒い女め」

と糾弾したかと思うと、彼は一転して哀れっぽく、

「おれはもう天涯孤独の身だ。一度も結婚しなかったし、親父も弟ももう亡い。頼れるのはあんたらだけだ。肝臓や腎臓の数値もよくないし、いざとなったらあんたら母子に世話になるしかない」

と同居や介護を匂わせてきたという。

鳩貝の母は閉口した。

もとはといえばこの男が博打で身を持ち崩したからこそ、亡夫は長男役を引き受けて苦労したのである。おまけにいい歳をして、いまだギャンブルで借金を増やしつづけて

いる。

――お義父さんには申しわけないが、うちに亡夫の兄まで抱える余力はない。

自分だけならまだしも、息子たちに介護などさせるわけにはいかない。上の子は勉強の甲斐あって、国立大学に進むことができた。下の子だって同じように、大学まで行かせてやりたい。

――この子たちの未来を、伯父の介護や借金返済なんかで潰させはしない。

そうして母は意を決した。

家族の誰にも相談することなく、役所に『姻族関係終了届』を提出したのである。

これは俗に言う〝死後離婚〟をするための手続きだ。死別した配偶者の親戚縁者と、法律上の関係を絶つ届である。

残念ながら関係を完全に絶てるのは配偶者だけで、伯父甥の血縁関係は切れない。だがすくなくとも、この家の名義は母親だ。他人をこの家には入れません、と突っぱねることは十二分に可能である。

「でもやっぱり、なんだか後ろめたくって……仏壇の前で謝ったの」

母はそう言った。義父の遺影に向かって、

――ごめんなさい、お義父さん。もう家族じゃなくなっちゃいました。

とだけ告げ、頭を下げたのだと。

「そりゃそれだけ聞いたら、祖父ちゃん誤解するよ」

鳩貝は呆れた。

「母さん、言葉が足りなすぎるって」

「だって仏壇の前で、そんなに長々と説明するわけにいかないでしょう。家にはあんたらだっているんだし、聞こえちゃうじゃない。それに一から説明するなら、お義兄さんのことだって話さなきゃいけない。なんのかの言っても、お義父さんにしたら長男なのよ。わが子のいやな話を聞きたい親なんかいないわよ」

「そりゃそうだけどさあ……」

　というわけで、対話のバトンは鳩貝が引き受けた。

祖父のお気に入りの孫であった彼が、仏壇の前で一部始終を語ったのだ。

語り終え、鳩貝は畳に額を付けて懇願した。

「──祖父ちゃん。ごめんだけど、母さんの気持ちもわかってやってほしい。母さんはおれたちを守りたかっただけなんだ。祖父ちゃんに対して悪意があったわけじゃない。それにあの届を出したところで、おれと弟は祖父ちゃんの孫のままなんだしさ。……伯父さんは見捨てることになるから、そこはごめん。でも」

鳩貝は顔を上げ、遺影を見つめた。

「祖父ちゃんは、わかってくれると信じてる。──だからな、なあ、頼むよ。もう怒るのはやめてよ。そこで父さんと一緒に、安らかにしててくれ。祖父ちゃんが落ちつけないんじゃ、おれたちだってたまんないんだ」

おれたちのせいでそんなふうになるの、いやなんだよ――。

そう言って洟を啜った。

すると、仏壇の鈴がほんのかすかに鳴った。

え、と鳩貝は一瞬耳を疑った。

だが間違いなかった。鈴が鳴ったとき特有の、空気の震えが室内に残っている。叩いて鳴らした音ではなかった。わずかに空気を揺らしただけの、だがひどく澄んだ音色だった。

「……あれって祖父ちゃんが、返事してくれたんだと思うんですよね。ううん、絶対そうです」

鳩貝はオカ研一同に、はにかんだように笑ってみせた。

そうして二夜を経て、先刻の「おかげさまであれ以来、祖父の姿を視てません」のメッセージへと繋がるのだ。

くだんの伯父からは一度電話があった。だが鳩貝が、わざと荒っぽい語調でまくしたててやったという。

「ああ、なんだって？　金？　知らねえよ。つーかおれたち、役所に書類出してさ。あんたともう縁切れてんだよね。は？　文句あんなら弁護士連れてこいや。依頼できる金があんならな！」

と一方的に言って切った。その後、追撃の電話はないそうだ。

「実際のとこ伯父甥(おい)の関係は切れませんけど、伯父みたいな人がちゃんと調べるとは思えないですし。ビビらせたから、たぶん二度とかけてきませんよ。たとえ役場から電話があっても、日ごろ付き合いのない甥が介護する義務はないそうです」

というわけで、鳩貝家のほうは一件落着であった。

百々畝家のほうはといえば、あのあと夏海はすぐ目を覚ました。しかし表情やたたずまいからは、特有の毒気がすっかり抜けていた。

従姉(いとこ)である凪に、知人の男を使っていやがらせした件を彼女は覚えていた。だが理由を訊くと、首をかしげるばかりであった。

「え……、どうしてそんなことしたかって? なんでだろ。わかんない。……たぶん、なんか凪ちゃんにむかついてたんじゃないかな。でも、えーと、ごめんなさい。理由は全然思いだせないです」

その瞳(ひとみ)に浮いた困惑は、とうてい嘘とは見えなかった。

そして百々畝ミネの白骨は、当然ながらまだ見つかっていない。警察も〝阿俞ヶ岳の山腹〟の情報のみではどうにもできないようだ。

だが凪はこの雪が解けたならすぐ、阿俞ヶ岳に花を供えに行く予定だという。ミネの永代供養の手続きも、すでに済ませたそうだ。

「阿俞ヶ岳への登山をライフワークにしようと思ってます」

そう凪はメッセージを送ってきた。

「運がよければ、いずれミネさんの声を拾えるかもしれないでしょう。わたし、チャレンジが好きなタイプなんです。なにごとも挑戦って大事じゃないですか？」

凜とした笑みが、目裏に浮かぶような言葉だった。

一方、黒沼部長はといえば、今朝がた逃避行に無事成功したらしい。

いまごろは部室の上座におさまって、

「あー、正月はやっぱこれだよねえ」

と定番味のカップラーメンでも啜っている頃だろう。

バイトで参加できなかった鈴木には、森司からＬＩＮＥで報告しておいた。「依頼だけ受けて、放ってもうてすみません」と逆に謝られてしまった。

「……さて」

森司は身を起こし、座りなおした。

なぜかその場に正座してから、携帯電話を構える。

――以上の事柄を踏まえ、こよみちゃんに電話しよう。

いや、むろんこよみとて知っている情報ばかりだ。だがそれでかまわない。森司はただ、会話の糸口がほしいだけなのだ。大事なのは電話をかけるきっかけだ。

――できればそこから話が弾んだりして、盛りあがったりして、あわよくば次のデートの約束に繋げたい。

本命はそこであった。

この大雪で初詣デートはむずかしくなった。しかし雪が一段落してからでいい。問題ない。肝心なのは、約束を取りつけることだ。

森司は履歴からこよみの番号を呼びおこした。いったん深呼吸する。

長い息を吐ききり、さてかけるぞ——、と決心した瞬間。

チャイムが鳴り響いた。

同時にドアをどんどんと叩く音がする。それだけでなく、誰かが叫んでいる。

「八神、八神！　いるか？　いるよな？　すまんが開けてくれ！」

しかたなく森司は携帯電話を置き、玄関へ走った。開錠してドアを開ける。

そこに立っていたのは、院生の先輩であった。森司と同じくアパートで年越しした住人だ。凍りついた階段を、一階から駆けあがってきたらしい。

彼は森司の顔を見るなり、

「便所貸してくれ！」と叫んだ。

「はい？」

「すまん。まことにすまん。でも緊急事態だ。うちの便所の戸が開かないんだ」

言いながら森司を突きのけるように上がりこみ、トイレへ駆けこむ。

数分後、さっぱりした顔で先輩はあらわれた。

「ありがとう八神……。ほんとうにありがとう。あやうく成人男子としての尊厳を失うところだった。階段の途中でかなり危なかったんだ。ありがとう」

「いえ……」

お役に立てて何よりです、と森司は彼に応えてから、

「それより、戸が開かないってどういうことです？　蝶番か鍵の故障ですか」

「いや違う。雪だ」

先輩は呻いた。

「この積雪で、アパート全体が縦に押しつぶされてるらしい。おれの部屋は一階の真ん中だろ？　一番負荷がかかる場所だ。現に寝てると、夜中にみしみし音がするんだ」

「そ、それは危険ですね」

森司は思わずつばを呑みこんだ。

「ああ危険だ。だからして日が暮れる前に、屋根の雪下ろしをしたい。八神おまえ、暇か？　だったら手伝ってくれないか。おまえだっておれがもよおすたび、毎回チャイムを鳴らされるのはいやだろう」

「それはもちろん」

深く森司はうなずいた。

「手伝ってくれないか」と「毎回チャイムを鳴らされるのはいやだろう」の、両方への返事であった。

正直言えば森司は高所恐怖症で、屋根などのぼりたくはない。しかしアパートが潰れ

ることを思えば、命綱を腰にくくりつけてでもやるしかなかった。

「ああくそ。見ろよ、また降ってきやがった」

窓の外を見て先輩が舌打ちする。

灰白色の空から羽根にも似た白いものが、ひとひらふたひら舞い落ちてきた。その羽根が、見る間に大粒の雪に変わっていく。風もなく垂直に、しんしんと降り積もる。

いま一度先輩が、音高く舌打ちした。

第三話　四谷怪談異考

HAUNTED CAMPUS

1

「なんなんだよ、てめえはよ！　ざっけんな。いやなら出てけよ！」
「はぁあ？　それこっちの台詞だしぃ？　出ていくのはてめえのほうだよ、このヒモ野郎が！」

――うわ、またやってる。

薄い壁の向こうから聞こえる夫婦喧嘩に、紫乃譜はうんざりした。

まったく安アパートはこれだからいやだ。おまけにこのあたりは妙に治安が悪く、先日も帰宅途中の女性が痴漢に遭ったと聞く。犯人はまだ捕まっていない。交番の巡査たちにも、心なしかやる気が見られない。

――早く成功して、オートロックのマンションに住みたいな。

ため息をつくと、紫乃譜は洗面所に向かった。

まずは鏡をきれいに拭く。次いでポーズを取り、鏡の中の自分へとスマートフォンをかまえる。

つづけざまにシャッターを押した。十枚ほど撮ってから、フォルダをひらいて写りを確認する。一番よく撮れていた画像を選び、光補正とトリミングをほどこす。

ＳＮＳにアップするための画像であった。とはいえ自分名義のアカウントではない。紫乃譜が所属する、『劇団箱庭座』のアカウントに上げるのだ。

専属脚本家だった箱守宵子の三回忌に向け、追悼公演が決まったのが約一年前。年明け一発目の公演にと決定したのが八箇月前。そして紫乃譜が主演女優に抜擢されたのが、半年前のことだった。

――それがまさか、座長の追悼公演も兼ねる羽目になるなんて。

無意識に眉間に皺が寄る。紫乃譜は指で、その皺を丹念に伸ばした。

座長こと南壮介は、先月に死んだ。

「飲みに行く」と家族に言って家を出た彼は、翌朝、歓楽街の側溝に半身を沈めた姿で見つかった。

死因は頭部挫傷で、後頭部に大きな裂傷があったという。おそらく酔って足をすべらせ、ブロック塀か電信柱に頭を強打したのだろうと誰もが思った。

――なのに、警察はまだ捜査をしている。

眉間に指を当てたまま、紫乃譜は唇を曲げた。なぜだろう？　もしや他殺だとでも疑っているんだろうか。

――馬鹿馬鹿しい。

南座長は人に恨まれるようなタイプじゃなかった。穏和で世話好きで、超が付くほどの芝居好きだった。

資金繰りに窮し、借金した経験は確かにある。でも返済を踏み倒したり、他人様に迷惑をかけたことは一度もない。女性関係だってきれいだったし、誰かとトラブルになったとも聞いていない。この業界にはめずらしいほどの常識人だった。

——とはいえ、娘さんびいきなのは玉に瑕だったかな。

紫乃譜はひっそり苦笑した。

しかし親馬鹿を理由に殺される人間はいまい。現に紫乃譜自身、彼の娘に主演の座を幾度譲ろうとも、殺意を抱いたことなどない。悔しくなかったと言えば嘘になるが、それはそれだ。

——それともまさか、ほんとうに祟り？

まさかね。ふっと笑ってかぶりを振る。

紫乃譜は現実的な人間だ。祟りだの呪いだのは信じない。たかが人間の恨みに、それほどの力があるなんて思えない。

「ましてや箱守先生の祟りだなんてね。うん。これでよし、と……」

アカウントへ飛び、アップロードしたての画像を紫乃譜は確認した。

液晶には、ルームウェア姿でピースサインを出す彼女自身がいる。「湯上がりほやほやです！　明日も稽古がんばろう！」とあたりさわりのない文章が添えてある。

一分と経たないうち、記事に「いいね！」が付きはじめた。

見る間にコメントが増えていく。

「可愛い！」

「すっぴんですか？　やばい、ちょーきれい！」

「これってガチのルームウェア？」

「お肌きれいすぎ！　どんなスキンケアしてるか教えて！」等々――。

たいして高名な劇団ではないが、それでもフォロワー数は四桁にのぼる。最近はSNSを通して『箱庭座』を知ったファンも多く、まさに文明の利器さまさまであった。

ふと、紫乃譜は視線を留めた。

「話題作りお疲れさん（笑）」

「モロな加工してんじゃねーよ！」

「新作が怪談だからって、わっかりやす！　いまどきこんなのに乗せられる馬鹿いませんからー。ご愁傷さま（笑）（笑）」

などと揶揄するコメントが並んでいた。いや、それどころか増えつつある。匿名掲示板にでも晒されたのだろうか、あきらかにフォロワー外からのコメントが押し寄せている。

――え？　確かに次の公演は『四谷怪談異考』だけど……。

紫乃譜は戸惑った。

加工と言えるほどの加工はしていない。確かに全体のコントラストを明るくしたし、生活用品が写った部分は切りとった。だがそれだけだ。目を大きくしたり、ウエストを細くするたぐいのソフトは使っていない。

　穴が開くほど画像を凝視し、紫乃譜はようやく気づいた。

　――腕が、一本多い。

　紫乃譜の左手は洗面台のへりを握っていた。その手に並んで、もうひとつの手が同じくへりを握っている。だがそんなはずはなかった。なぜって紫乃譜の右手は、画面に見切れながらもスマートフォンをかまえているのだから。

　写っていない彼女の右肘（みぎひじ）あたりから、新たな腕が伸びているらしい。だが一見ひどく自然だった。画像の上半分を隠したなら、誰もが紫乃譜は洗面台に両手を突き、身をのりだしていると思うだろう。

　紫乃譜はいま一度、目を凝らした。

やはりそれは手だった。一部はルームウェアの裾（すそ）で隠れているものの、三本の指が見てとれる。間違いなく人間の指だ。

　紫乃譜は画像を削除した。急いでコメントを打つ。

「お騒がせしました。なにかの加減で変に写っちゃったみたい。最近忙しくて、手が二本じゃ足りなかったから（笑）」

　ふたたび好意的なコメントが付きはじめた。

「猫の手だったらよかったですね」

「わたしも足が消えて写ったことありますよ。ブレたんじゃないですか？」

「全然気づきませんでした。逆に貴重！」

コメントが増えるにつれ、通知音がやかましく鳴り響く。

もう一枚アップしよう。紫乃譜は思った。同じポーズで、だが先刻より大きめに体をひねってスマートフォンを鏡に向ける。撮れた画像を確認し、よく吟味した。

――よし、ＯＫ。

今度は余分な手なんか写っちゃいない。おかしなところはなにもない。

「こっちが正しいわたしです。見て。腕は二本しかない！」

と文章を添えてアップロードする。

しかし数秒後、アカウントから画像を確認して紫乃譜は青ざめた。

ふたたび削除する。誰も見ていませんように、保存していませんようにと胸中で掌を合わせた。だが心のどこかで、むなしい願いだともわかっていた。

震える手で、紫乃譜は画像フォルダをひらいた。

さきほど視認したのとは、まるで違う画像がそこにあった。

写りこんでいるのはこの洗面所だ。女が鏡越しに写っている。つい二分ほど前に紫乃譜自身がとったポーズで、紫乃譜のルームウェアを着てファインダーにおさまっている。

――でも、わたしじゃない。

やや癖のある顔立ちながら、紫乃譜は美人だ。好みは分かれるだろうが、美醜で言えば間違いなく〝美〟に属する。

しかしいま、ここに写っている女は。

画像の女は画面を睨んでいた。ほとんどふさがったまぶたの下から、閲覧者を恨めしげに見つめている。歯はひどい乱杭歯で、唇が歪んでいた。鼻が骨ごと曲がっていた。そして顔の左半面には、べったりとどす黒い青痣が広がっていた。

女は口をぽっかりと開けている。その顔は恐怖と絶望にいろどられていた。悲鳴をあげる寸前に見えた。

紫乃譜の手からスマートフォンがすべり落ちる。

アルミ製の機体が床に当たって、奇妙に乾いた音をたてた。

2

雪は喫茶店の窓枠にも、厚く積もっていた。

壁際の八人掛け席には、上座から黒沼部長、泉水、藍、こよみ、鈴木、森司のフルメンバーが着いていた。あと二人来る予定なので、ぴったり八人である。

このテーブルを除けば六脚のストゥールと、四人掛けテーブルが二つあるきりの小体な喫茶店だった。メニューにコーヒーはない。どうやら紅茶専門店らしい。

「……次は劇団員かぁ。なんか最近、芸能人づいてない？」

アップルティーをひとくち含んで藍が言う。

その語尾にかぶせるように、

「いやあ、劇団員なんて芸能人のうちに入りませんよ」

と背後から快活な声がした。

藍があやうく紅茶を噴きそうになる。森司も急いで視線を上げた。

眼前に立っているのは、長身の男女であった。

――いやいや、充分芸能人のオーラあります。

と森司は思った。

男女はどちらも二十代後半だろうか。手足が長く、めりはりの利いた体形だ。姿勢がいいせいか、立ち姿がすっきりと美しい。

森司は舞台だの芝居だのに興味を持ったためしがない。だから間近で劇団員を見るのもはじめてだが、「やっぱり一般人とはものが違うなあ」と感嘆させられた。とはいえ主演女優と俳優の揃い踏みらしいから、当たりまえの感想だろう。

「はじめまして。『箱庭座』の石渡紫乃譜です」

八人掛けのソファに腰を下ろし、まず女性のほうがそう名のった。

目も鼻もくっきりと大きく、顔のパーツすべての主張が強い。いかにも舞台映えしそうな美女であった。日本人離れした容貌、と言ってもいい。

「同じく、村崎葵です」

男性のほうがかるく頭を下げる。

紫に青か。やけにカラフルな名前だな、と森司が思っていると、

「もちろん芸名です。覚えてもらいやすいよう、変な名前にしたんですよ」

と村崎は目じりに皺を寄せて微笑んだ。

「本名で出ると、親戚がうるさいもんで。でも今回はちょうどいいです。主演女優の紫乃譜さんと、相手役のおれでむらさきコンビですもん」

「あはは」

お追従のように笑ったのは黒沼部長だ。

「そっか。早くもそんなディテールから息を合わせてるんですね。『東海道四谷怪談』のお岩さま役と伊右衛門役。舞台を成功させるには、普段から呼吸の合ったコンビでないとね」

場所は、『箱庭座』側が指定した喫茶店であった。

時刻はまだ午前十時半で、開店したばかりゆえ客はまばらである。この店から徒歩二分の距離に、劇団の稽古場があるのだそうだ。

もっともその〝二分〟は、あくまで春から秋にかけてのことだ。現在の道路状況では徒歩で十分近くかかるだろう。

それほどに、世界は大雪に包まれていた。かく言う森司とて「車で迎えに行ってあげる」と藍に言われなければ、参加を断っていたかもしれない。

現在の県民は、いたって過酷な状況下にあった。雪かきしても雪かきしても積もる雪に、肉体的にも精神的にも疲れきっていた。

――でもこの人たちは、公演を延期する気はないみたいだ。

えらいなあ。大変だなあ、と小学生並みの感想を内心でつぶやき、森司は癖のないダージリンを啜(すす)った。

村崎はウエイトレスにアールグレイをふたつ頼んでから、

「えー、では……うちの座長が先月に急死したことは、ご存じでしょうか」

と探るように切りだした。

「はい。ウェブニュースで見ました」

部長がうなずく。

「残念です。芝居好きを名のれるほどじゃあないが、ぼくだって『箱庭座』の舞台には何度か足を運びましたからね。座長の南壮介さんはオカルトがお好きだったのか、年に一度は幽霊ものや古典ホラーを題材に選んでくれた。……確か、不幸な事故で亡くなれたとか?」

「ええ。酔って足をすべらせ、どこかで頭を強く打ったようです」

紫乃譜が沈痛に言った。間を置かずに目線を上げる。

「それでですね。南の遺品――というか財布に、黒沼さんの名刺が入っていまして」

「名刺……。え、ぼくの?」

黒沼部長が自分を指し、目を見張った。

「えー、いつだろう。二年前に『箱庭座』が『ねじの回転』を上演したとき、いくらか寄付した覚えはありますが……。もしかして、そのとき名刺をお渡ししたのかな？　覚えてないなあ」

と首をかしげる。

村崎が得たりと身をのりだした。

「あなたと同様、座長の娘さんも不思議がってましたよ。そしたらうちの大道具スタッフが、『雪大オカルト研究会なら知ってる』と言いだしましてね。そいつは雪大の卒業生なもんで、おたくの評判をよく知っていた。その後いろいろトラブルが発生したこともあり、大道具スタッフの勧めで、座長の娘さんがぼくらをここへ寄越した――というのが、ことの次第です」

「ふうむ。しかし、ぼくらから何を聞きたいんです？」

部長は言った。

「亡くなった南さんの情報ですか？　でもあいにくぼくは寄付しただけで、座長と個人的なお付き合いなんて――」

「――おかしなものが、写るんです」

さえぎったのは紫乃譜だった。

「おかしなもの？」

部長が鸚鵡がえしにする。

「はい。二十二日からはじまる『四谷怪談異考』は、わが劇団の名物脚本家、箱守宵子の三回忌追悼公演の予定でした。なのに座長の不幸まで重なってしまって……」

「ご愁傷さまです」

「お心遣いありがとうございます。ですから団員はみんな、慰霊のためにも絶対に成功させねばと意気込んでいるんです。わたしもせめて宣伝に協力しようと、主演女優としてSNSをまめに更新していました」

「ああ、わかってきましたよ。では〝おかしなものが写る〟というのは、その記事の画像にですね？」

「そうです。最初は気づきませんでしたが、閲覧者に指摘されまして」

紫乃譜はまぶたを伏せた。

「その……わたしの手や足が多く写ったり、顔が醜く写るんです。これはあまり使いたくない言葉ですが——まさしく『四谷怪談』の民谷岩のように」

紫乃譜はスマートフォンを手にとった。数秒操作してから、テーブルに置く。

森司たちは首を伸ばして液晶を覗きこんだ。

「確認してアップロードしているのに、SNSに反映された途端、こうなるんです」

紫乃譜の声は苦渋に満ちていた。

なるほど、こいつは女優ならたまったもんじゃないな、と森司は納得した。

画像の紫乃譜は痩せさらばえていた。渋紙のような顔いろをして、折れ曲がった鼻と歪んだ唇をカメラに向けていた。

　そしてその片頬には、大きな青痣がべっとりと貼りついていた。まぶたが腫れて、両の目はほとんどふさがっている。

　瞳は暗く濁っていた。見る者に問いかけるような眼差しだった。なぜわたしがこんな目に遭うの、どうしてこんなことになったの——と。まさに毒で半面が崩れた、『四谷怪談』のお岩を連想させる面相であった。

「アップしたらその都度オンラインで確認し、おかしかったらすぐ削除しています。でも、三度に一度はこんなふうになるんです」

　紫乃譜は苦りきった口調で言った。

「閲覧者には〝わざとらしい話題作りだ〟と笑われました。けれど、誓って加工ではありません。そりゃ舞台では恐ろしい顔にメイクしますし、怖がってもらえたら本望です。でも舞台の下で醜く見られたって、わたしにメリットはありませんもの」

「そりゃそうだ」

　得心して部長がうなずく。

「これ、変に写るのは石渡さんだけですか？　つまりお岩さま役のあなただけ？」

「そうです」

　と紫乃譜は答えてから、

「芝居の舞台は一九八〇年代に変えてあるので、正確な役名は〝民谷イワコ〟ですけどね。でも被害のほとんどはわたしです。まず、SNS用の画像がこんなふうに変貌すること。次に体重がひとりでに落ちていき、やけに髪が抜けるようになったこと。……ほら、こんなに薄くなってしまって」

髪をめくり、彼女は左側頭部を見せた。

村崎が顔をしかめて言う。

「ひどいですよね、髪だって女優の顔のうちですよ。おまけに真冬なのに、アパートに鼠が出るようになったそうです。同じくアパートのベランダに、見覚えのない櫛が何度も出現したり」

「ああ、それは」

説明しようとする紫乃譜を村崎は制して、

「じつは鼠も櫛も、あまり知られてませんが、『四谷怪談』では重要な小道具でしてね。要所要所に出てくるんです」と得々と語った。

「大丈夫です。ひととおりですが、あらすじは知っています」

黒沼部長は微笑んだ。

「お岩さまは子年の生まれだから、なにかっちゃあ鼠が彼女の使いとしてあらわれるんですよね。彼女の死の直後に猫を食い殺したり、憎い女のお守りを奪っていったり、お墨付きの書付を食い荒らしたり。最後の幕でも伊右衛門の刀にまとわりついて、大立ちまわりの邪魔をします」

　そこで彼はひと息入れ、

「櫛のほうはお岩さまの亡母の形見ですね。有名な『髪すきの場』で使われるのはもちろん、祟りの象徴として話のあちこちに出没します。まずお岩さまの妹の夫が鰻かきをしていると、この櫛が引っかかる。妹の夫は櫛を質入れしようと企むが、盥から白い腕が伸び、彼の手首を掴んで阻みます。また妹の洗濯中に水が血のいろに染まると、その隙に走り出た鼠が、櫛をくわえて仏壇に置き去る——。なんて具合にね」

　と結んだ。

「いやあ、よくご存じで」

　村崎が目をまるくする。

「すごいな。まさか鶴屋南北の原作を全部読みとおしたんですか？　さすが国立大学の学生さんは違うなあ。おれなんていまだに座長の説明と、中川信夫の映画だけで役を解釈してますよ」

「充分でしょう。なにしろあの原作は長い。南北の脚本どおりに演じたら、ゆうに十時間以上かかりますもん。それに箱守宵子さんの脚本だって、確かお岩さまと伊右衛門のストーリイのみに焦点を絞っていたはずです」

「ほんとによくご存じですね」

「概要を知ってるだけですよ。残念ながら、箱守さんの舞台は拝見できずじまいでした」

と部長は受けて、

「とはいえ南北の『東海道四谷怪談』についてなら、すこしは語れますよ。こちらは三本のストーリィが複雑に絡み合っていますよね。一本はお岩さまと伊右衛門夫婦の話。二本目はお岩さまの妹お袖と、直助、与茂七の三角関係。最後に小仏小平の忠義物語だ。そしてそのすべてが、じつは『忠臣蔵』と繋がっている」

「伊右衛門と与茂七と、小仏小平の主君が赤穂浪士なんですよね。それからお岩さまのお父さまも」

こよみが口を挟んだ。

部長が目を細める。

「そうそう。もとはといえば浅野家、いや南北の原作では塩冶家が、刃傷沙汰でお家取りつぶしになったのが悲劇のはじまりなんだ。そのせいで家臣たちは路頭に迷い、その娘たちは夜鷹に身を落とし、主君が病もうと薬も買えないほどの苦境に陥る。その三本のストーリィのうち、唯一現代にも通用する〝悪〟が描かれているのが、お岩さまと伊右衛門の物語だ。――ですから、そこに箱守さんが主軸を絞ったのは、正解だったと思いますね」

最後の言葉は紫乃譜たちに向けられたものだった。

次いで部長が森司と藍、鈴木の三人を見て尋ねる。

「きみたち、『東海道四谷怪談』のあらすじは知ってる?」

「言われてみれば、おおよそしか知らないかも」

　藍が答えた。

「ええと、確かお岩さんの亭主はヒモまがいの貧乏浪人で、だけど美男子だから、金持ちのご令嬢に見初められるのよね。で、お岩さんが邪魔になった亭主は、彼女に毒を飲ませる。その毒でお岩さんは醜くなって死に、怨霊になって亭主に祟る……。たぶん、そんな話じゃなかったっけ？」

「うん。伊右衛門夫妻のストーリィに絞るなら、だいたい合ってる。そこにさっきも言った妹の三角関係や、小仏小平が絡んでややこしくなるけどね。でも世間の九割がそのくらいの知識だと思うし、全然ＯＫ」

「なんだか含みを感じる言いかたね」

「いや本心だってば。ただそこにあえて付けくわえるとしたら、お岩さまと伊右衛門というのは、仇討ちのため結ばれた夫婦なんだよね」

「仇討ち……。ああそっか、赤穂浪士だから？」

「いや、この場合は別口」

　部長はかぶりを振った。

「伊右衛門とお岩さまはもともと夫婦なんだけど、伊右衛門がろくでなしなもんで、お岩さまの父親、つまり舅が彼女を連れ戻しちゃったのさ。伊右衛門は舅に『妻を返してくれ』と迫る。しかし断られ、おまけに横領していた過去を責められて、かっとなって舅を殺してしまう。なのに彼はお岩さまになに食わぬ顔で会いに行き、『おれが父親殺しの犯人を突きとめ、きっと仇を討ってやる』なんて空約束をして、まんまと復縁を果たすわけ」

「なにそれ。ほんとにろくでもない男ね」

藍が呆れ顔になった。

「でしょ？　その後二人の間には子供もできるんだけど、伊右衛門は働こうとしない。しかたなくお岩さまは夜鷹、つまり娼婦にまで身を落とす。当然夫婦仲も冷えきってしまう。そこへさっき藍くんが言ったご令嬢が、伊右衛門に惚れて『あのかたをお婿にほしい』と言いだすの。娘に甘い父親――ちなみにこの人、吉良家にあたる大名の家臣ね――は、伊右衛門に『当家に仕官の口を利いてやるから』と縁談を迫る」

「それで伊右衛門はその気になる、と。妻を裏切ったばかりか、主家まで裏切るわけね。そのために伊右衛門は、お岩さまに毒を飲ますのよね？」

「それがちょっと違うんだ。じつは伊右衛門は、ご令嬢との結婚をいったん断るんだよ。だがときすでに遅しで、すでにご令嬢の乳母がお岩さまを訪れ、『血の道の薬です』とだまして秘薬を与えている。致死性の毒じゃあなく、女性の顔を醜く変貌させる薬だ。お岩さまがこの秘薬をとうに飲んだと聞かされた伊右衛門は、『ならしかたない。必ず仕官させてくださいよ？』と念押しして、縁談に同意する」

「ますますろくでもない男ね」

「まったくです」

と、なぜか村崎までもが首肯した。その伊右衛門を演じる俳優だろうに、呑気な相槌と言える。

部長はかまわずつづけて、

「そうして伊右衛門が帰宅してみると、お岩さまの顔はなるほど醜く崩れている。伊右衛門はこのお岩さまと口論した挙句、『金を出せ。ないならせめて質草をよこせ』と、赤ん坊のための蚊帳まで奪って家を出る。そして知り合いの按摩に『岩を押し倒してこい』と命ずるんだ。女房の不貞をでっちあげ、離縁しようとするんだね」

「文句なしのクズですね」

森司は感心のあまり嘆息した。

黙っていようと思ったが、無意識に声が出た。これほどのクズならば、祟られたとて当然と言えよう。

部長が言葉を継いだ。

「さて、そんなわけでこの按摩はお岩さまを口説くんだが、当然撥ねつけられる。腹を立てた按摩は、『お顔をごろうじませ』とお岩さんに鏡を突きつける。ここでようやくお岩さまは、自分の顔が醜く崩れたことを知るんだ。狼狽するお岩さまに、按摩は伊右衛門の企みをすべてしゃべってしまう。ご令嬢に惚れられたことも、乳母が持ってきた秘薬のことも、仕官の口のことも全部ね。

裏切りを知らされて憤ったお岩さまは、ご令嬢の父を訪ねて抗議しようとする。しかしそこはそれ、武家の娘だから会う前に身なりを整えようとするんだね。だが櫛でとかすほど髪は無残に抜け、紅をさして装おうとするほど醜さが際立つという、なんとも哀れなことになる。悲嘆したお岩さまはよろめきながら立ちあがり、刀の上へ倒れ、喉を切り裂かれて死ぬ」

「へえ。じゃあお岩さんって、亭主に殺されたわけじゃないのね」と藍。

「そういうこと」

部長は指を鳴らした。

「伊右衛門は確かにクズだし、お岩さまの父親のほかに何人も殺すんだけれど、妻殺しだけは犯してないんだ。ご令嬢との縁談もいったんは断ってるし、彼なりに惚れていたことは間違いないね」

「でもその妻が薬で醜くなったと聞いて、『じゃあいいや』とご令嬢との結婚を承知するんでしょ？」

藍はこよみを振りむいて、

「なら、やっぱりしょうもない男じゃない。ね？」

「です」

と二人揃ってうなずいた。部長が苦笑いする。

「うん。伊右衛門が駄目男なことはぼくも否定しないよ。ただ人間味が皆無なわけじゃない、と言いたいの。ここらへん、さすがに南北は巧いよね。で、そのあと伊右衛門は同門の士に仕える小仏小平を殺し、お岩さまと小平の不貞をでっちあげて二人の死体を川に流す。ここが歌舞伎で有名な『戸板がえし』のシーンだよ。お岩さまと小平は一人二役が基本で、一枚の戸板にくくりつけられた二役の早変わりが見どころだね」

藍がせっついた。

「歌舞伎はこの際どうでもいいわ。で、伊右衛門はいつ死ぬの？」

「ここまで来たら、クズ男がいつ死ぬか知りたいわ」

「それが伊右衛門はしぶとく、最後の一幕まで生き残るんだ」

部長は言った。

「とはいえこの筋立ては、伊右衛門をあっさり殺すより、生き地獄を味わわせたほうが面白い、という判断ゆえだろうね。

さて伊右衛門はご令嬢との祝言を挙げるわけだが、その席で彼は亡霊を見る。ご令嬢がお岩さまに、その父親が小仏小平に変貌するのを見た彼は、二人を咄嗟に斬り殺してしまうんだ。その後はっとわれに返った伊右衛門は、その場から逃げだす。一方、無残に父娘を殺された大名家は『武士にあるまじき醜態』と咎められ、お家取りつぶしが決定する。これでお岩さまに秘薬を飲ませた乳母も、令嬢の母とともに路頭に迷うことになるわけだ」

「で、伊右衛門は？」

「仕官への道に執着しつづけるよ。けれど、推薦状を鼠に食い荒らされたりで果たせない。その後もさんざんお岩さまの怨霊に悩まされた挙句、最後の幕で与茂七――お岩さまの妹の許嫁だ――に『お岩の仇！』と斬りかかられるシーンで、おしまい」

「……え、斬られて死ぬってこと？」

藍がきょとんとする。

部長は「いや」と否定した。

「そこははっきり描かれないんだ。伊右衛門の生死も、お岩さまが成仏したかどうかも不明なまま、『忠臣蔵』の幕へとつづいて『東海道四谷怪談』は終わる。この観客の想像をかきたてるラストが、なんともモダンホラーっぽいでしょ？　すぐに伊右衛門を殺すのじゃなく、なぶり殺すような生き地獄を次つぎ味わわせるさまといい、祟りかたが全体に古くさくないんだよねえ。そこが『東海道四谷怪談』が、ここまでのロングランになった理由のひとつじゃないかな」

「……いやあ、ありがとうございました。つい聞き入りました」

村崎が大仰に頭を下げる。

「南北のほうのあらすじを、はじめてちゃんと把握しましたよ」

「いえいえ」部長が首を振って、

「さっきも言ったように本来の『東海道四谷怪談』は、三本の筋立てが並行して語られますから。ぼくはいま、ざっと伊右衛門夫妻サイドのストーリィを語っただけです。ほんとうはもっともっと長くて、伏線いっぱいでややこしいの」

と笑った。

「ところで石渡さんはさっき、『被害のほとんどはわたしです』とおっしゃいましたよね。ということは、ほかにも怪現象に悩まされている方がいる？」

「ああ、はい。おれです」

村崎が片手を挙げた。

「座長の娘さんをさしおいて、おれたち二人が先に来た理由はそこです。と言ってもおれのほうは、紫乃譜さんと違って目に見える証拠はないんですがね。おれが一人のときにしか、あらわれませんから……。というかおれは、どうもお岩さまじゃなく、箱守先生に祟られてるようでして」

「箱守先生というと、脚本の箱守宵子さんですね？」

部長が片目を細める。

「今回の『四谷怪談異考』を書かれたご本人」

「ええ。そうです」

「失礼ですが、祟られる心あたりは？」

「個人的にはありません」

と村崎は首を横に振ってから、

「でも劇団員としては――そうですね、あると言えばあります。すみません、思わせぶりな言い草に聞こえるな。でもほんとうに、そうとしか言えないんです」

「くわしく話していただけますか」

部長はテーブルの上で指を組んだ。

村崎がふたたび口をひらく。

「……ひとつは、東京は四谷にある於岩稲荷(おいわいなり)の参拝に、おれのせいで行けなかったことです。この稲荷神社は『四谷怪談』を演じる役者が、必ず上演前に足を運ぶことで有名な神社です。生前の箱守先生も〝『四谷怪談異考』を演(や)るときは、絶対にスタッフ全員で参拝しなくちゃ駄目だ〟と厳命しておられました」

「左門町(さもんちょう)の於岩稲荷ですね」

部長が横の泉水を手で示した。

「ぼくもこちらの従弟(いとこ)と一緒に、何度か参拝しましたよ。そういえばはじめて行ったとき、泉水ちゃんは境内に入れなかったね。二度目からは普通に入ったけど」

「あのときは、入らんほうがいい気がしたんだ」

泉水がむっつりと答える。

「べつに悪い気を感じたわけじゃなく、むしろ逆だったがな。いま思えば、入っちゃいかん年だったんだろう。神社そのものは、いい場所だ」

「だそうです」

部長が村崎に向きなおり、

「で、その〝いい場所〟に、なぜ行けなかったんですか？」と問う。

「いや、じつは秋のうちに行くつもりでね。スタッフのスケジュールを調整して、全員で上京できる日を一日つくったんです」

村崎は首を縮めた。

「でも、おれがその、しくじっちゃいまして。前日にちょっと酔いすぎて、はっと気づいたら警察署の留置場で……。こんなんでも一応は主演俳優ですから、おれなしで参拝するわけにいかず、予定は中止になったんです。ほんと申しわけない話です」

すまなそうにうなだれる。

「その後にまた日程を調整しましたが、南座長の事故死で参拝どころじゃなくなりました。そうこうしているうちに、今度はこの大雪です。全員で無理して休みを作っても、新幹線がいつ運休するかわかりません。『しかたない。今回は参拝なしで上演するしかないな』と、おれが言いだした矢先からです。――箱守先生の声を、聞くようになったのは」

「声を？」

部長が問いかえした。

村崎が首肯する。

「ええ。おれが『箱庭座』に入ったのは六年前でね、その頃は箱守先生もお元気でした。

あの声は、忘れようったって忘れられませんよ。おれは素人同然の劣等生で、先生に怒鳴られてばっかでしたから。『あんたがマシなのは顔だけだね』『ちょっといい男だからって、そんな発声で役に付けると思うな！』……って」

　村崎は苦く笑った。

「……最近、稽古場に一人でいるとね、先生の声が聞こえるんです」

　彼の頰は、いつの間にか青ざめていた。

「生前の怒鳴り声じゃありません。ぼそぼそ、ぼそぼそとしゃべってる。なにを言ってるかはほとんど聞きとれませんが、文句というか、愚痴なことだけはわかります。『……あいつは、ほんとに……。どうしようもないやつだ……』といったふうに、箱守先生が延々と不満を洩らしてる声なんです。最初はプレッシャーが生む幻聴かと疑ったけれど、そうじゃない。二度、三度と同じことが起こるうち、確信しました。ああ、おれはきっと箱守先生に祟られているんだ、と」

　うつむいてしまった村崎に代わって、

「でも」

　と声を上げたのは紫乃譜だった。

「でも、わたしは納得いかないんです。だって箱守先生が『四谷怪談異考』の上演について出した条件は、於岩稲荷の件だけじゃないんですから」

「と言うと？」

「もうひとつのほうが、むしろ重要なくらいです」

紫乃譜はすこし息を整えて、

「生前に箱守先生は、こう明言しました。〝『四谷怪談異考』のイワコ役と、イエジ役――原作の伊右衛門にあたります――は、わたしがキャスティングした団員以外には演らせない。もちろん死後もよ。勝手な真似をしたら、座長をとり殺してやる〟と」

「ほう、それは穏やかじゃないですね」

部長が身をのりだした。

「その言葉どおり、座長の南壮介さんは亡くなった」

「はい。ですが、誤解しないでください。今回のキャスト変更は、座長の一存で決めたことじゃありません。先輩たちのほうから『さすがに二十代の役は無理だ。後進に譲る』と言ってくださったんです」

紫乃譜はつづけた。

「かつてイワコを演じた潮みつ恵さんは、イエジに恋する令嬢の母役に。イエジ役だった先輩はその夫役に決まっています。ともに重要な役で、イエジに『イワコを捨てろ。うちの婿養子になれ』と迫るシーンが見せどころです。……けして座長が、今回のキャスティングをごり押ししたわけじゃない。この件は箱守先生の墓前でも、ちゃんと報告済みなんです」

部長を真正面から見据えて、紫乃譜は言った。

「だから村崎くんの考えに、わたしは納得できません。百歩譲って座長の死が先生の祟りだったとしても、先生は『団員を呪ってやる』とは言わなかった。それになぜ彼だけが、先生の声を聞くんでしょう？　わたしだって同罪——いえ、主役のイワコ役をやるぶん、わたしのほうが重罪なはずです。第一わたしを公共の場で醜く変えるなんてやりくちは、箱守先生に似つかわしくない」

彼女は声を落として、

「……男女を問わず、容貌の貶めは、もっとも先生が忌み嫌った行為です。なぜって、先生自身が……」

と呻いた。言葉のつづきは、彼女の口内で消えた。

3

『箱庭座』の稽古場は、古くちいさな公会堂だった。

畳敷きで、広さは二十畳ほどだろうか。古びた木製の靴箱や簀の子、ガラスの嵌まった格子戸などが昭和の小学校を思わせる。

格子戸を開けて入ると、四十人ほどの団員がジャージ姿で動きまわっていた。真冬にもかかわらず、全員の額に汗が浮いている。稽古場の隅に据えた灯油ストーブのせいではない。熱のこもる演技がゆえであった。

「はじめまして。南壮介の娘の、明日子と申します」

髪をひっつめに結った女性が近づいてきて、そう挨拶をした。

「父が『文学座』時代の岸田今日子さんを崇拝していたので、付けられた名です。名前負けでお恥ずかしいですが……。『四谷怪談異考』では、イエジに岡惚れする令嬢のウメコ役に付いております」

二十代なかばだろうか。紫乃譜とは対照的に、目も鼻もちまちまと小づくりだ。しかしこれはこれで化粧映えしそうな顔だった。姿勢といい立ち居振る舞いといい、役者というよりどこかバレエダンサーを思わせる。

「はじめまして。ぼくは雪越大学の院生で——」

部長が名刺を差しだしかけて、

「失礼。もうお持ちでいらっしゃいますね。南壮介さんが、ぼくの名刺をお財布に入れていらしたとか」

と手を引っこめる。明日子はうなずいた。

「はい。最初はさほど気に留めなかったんですが、劇団員に雪大の卒業生がおりまして。劇団内に不気味な事件がたてつづけに起こったこともあり、ご連絡させていただきました。……あ、先に申しあげておきますが、冷やかし目的でお呼びだてしたのではありません」

明日子は早口で付けくわえた。

「わたしたちの業界はよく験を担ぎますし、一般の方に比べたらスピリチュアルな事柄を受け入れる素地が、ありすぎるほどあるんです」

「わかります」部長は同意した。

「興行の当たりはずれは、運に左右されるところが大きいですもんね。名だたる歌舞伎役者が『四谷怪談』を演じる前に於岩稲荷を詣でるなんてのは、まさに験担ぎの最たるものだ」

「そのとおりです」

明日子は彼をまっすぐに見た。

「そちらさまは、なんでもオカルティックな事象や不可思議な事件を、複数解決なさっておいでだとか」

「うーん。それほどたいそうなことはしてませんが」

部長は困ったように額を掻いた。

「でもまあ、一応オカルト研究会を名のってますし、多少の助言くらいはできるかな、と。ここへ来る前、石渡さんと村崎さんからお話をうかがいましたよ。於岩稲荷に不敬をはたらいたせいか、もしくは箱守宵子さんに祟られているせいで怪異が起こる。なんとかしてほしい——というご相談でよろしいでしょうか？」

「ええ」

明日子はため息をついた。

「後者だとは、思いたくないんですけどね。だってそうだとしたら……父の死まで、箱守先生の祟りのせいになってしまいます」

彼女は村崎をちらりと見た。

「でも彼――いえ、村崎さんが嘘をついているとも思えません。この人、一見軽薄そうに見えますけど中身は真面目ですから。彼が先生の声を聞いたと言うなら、きっとそうなんでしょう」

村崎と明日子の視線が一瞬絡み、すぐにそらされた。

部長が問う。

「大変失礼な質問ですが、南壮介さんの死は事故で間違いないんですね？」

「そのはずです。お財布の中身は無事でしたし、怨恨も考えられません。父は芝居馬鹿で、女性にもお金にもほぼ興味のない人でした」

「飲みに行って、翌朝に歓楽街で発見されたんですよね？　どなたとご一緒だったんでしょう」

「警察にも言いましたが、一人だったはずです。父は誰かと連れだって飲むタイプじゃありませんでした。行きつけの店のママさんや、バーテンダーとぽつぽつ話しながら飲むのが好きでしたね。『よく知らない相手と話すほうが、芝居のヒントになるんだ』と言って……」

明日子は睫毛を伏せていた。

「だから警察がなぜ捜査をやめないのか、ほんとうに不思議なんです。箱守先生の祟りなんて思うのはいやですが、殺人だなんてもっと思いたくない。父は酔って、足をすべらせて死んだ。……不運かつ不幸な事故だった、とわたしは信じています」

「お悔やみを申しあげます」

部長も目を伏せ、ぺこりと頭を下げた。森司たちも慌ててそれにならった。

「稽古をすこし見学させていただけますか？」

顔を上げて部長は言った。

「ええ、もちろん」

明日子がうなずく。

見ると、村崎と紫乃譜はすでに劇団員の中に混じり、通し稽古をはじめていた。台本を片手に指示を飛ばしているのは演出家だろうか。ベテランらしい女優が紫乃譜のそばに寄り、舞台上の動線を確認させている。

「じつはぼく、箱守宵子さん作の『四谷怪談異考』を観てないんですよね。あらすじさえ知らなくって」

部長が面目なさそうに言う。

嘘だ、とすぐに森司は察した。さっき村崎たちに語っていたことと矛盾する。ちらりと横を見ると、泉水も同じ思いらしく半目になっていた。

「不勉強ですみません」

「いえ、そんな。わたしでいいならお教えしますよ」

明日子が微笑んだ。

「『東海道四谷怪談』の舞台は暦応元年ですが、『四谷怪談異考』は一九八〇年代のお話です。箱守宵子先生が三十代なかば、一番脂がのっているときに書き下ろしました。ヒロインの民谷イワコは学生運動の元闘士で、かつて〝革命核派〟なる組織に属していたという設定です。もちろんこれは架空の組織でして――」

明日子は語りはじめた。

民谷イワコは、革命核派唯一の女性幹部であった。しかし虚偽の密告による指導者の逮捕をきっかけに、革命核派は空中分解する。

その後、革命核派の残党は山奥の山荘を襲って立てこもり、銃撃事件を起こす。国内事件史に燦然と輝く『もりを荘籠城事件』である。この事件が社会に与えたショック、並びに各組織の武装化やたび重なる内ゲバによって、学生運動はみるみる世間の支持を失っていく。

そして八〇年代に入ると、日本は豊かさの頂点に達する。「明るく楽しく、華やかなものしか見たくない」という空気に席巻されるのだ。

そんな空気の中、イワコは安アパートの一室で息をひそめるように暮らしている。同じく革命核派の幹部であった、イエジとともにだ。

イワコはいまだ革命の理想に燃えており、組織を瓦解させた密告者を恨んでいる。

一方、「絶対に密告者を見つけだしてやる」と誓ったはずのイエジは、いまやただのヒモ男である。イワコがソープで働いて得た金で遊び歩き、「倍にして返す」と言っては、なけなしの生活費をパチンコに注ぎこんでしまう。

またイワコとイエジの間には赤ん坊が生まれるが、

――この子のためにも働かなきゃな。

とイエジは口で言うだけで、就職先を探す様子すらない。それどころか避妊しなかった自分を棚に上げて、

――なんで妊娠した。なんでガキなんか産んだ。

――体が回復するまで、おまえ働けないじゃんか。金はどうすんだよ。

とイワコをなじる。

「このあたりで観客には、〝密告者はイエジ本人である〟ことが明かされます」

明日子は言った。

「また彼は革命核派の残党による、『もりを荘籠城事件』の銃撃計画も知っていました。しかし怖気づいたイエジは決行寸前、かねて狙っていたイワコを『密告者を見つけてやるから』と口説いて逃げだしたんです。一方、イワコのほうは計画など露知らず、ニュースで知って仰天する有様でした」

「なるほど。伊右衛門も赤穂浪士ながら、忠臣蔵の討ち入りに参加しませんしね。イエジも伊右衛門も、歴史の大舞台から逃げる男なわけだ」

部長が相槌を打つ。

「ところで『もりを荘籠城事件』のモデルは、かの『あさま山荘事件』ですよね？」

「そうです。作者の箱守先生は『あさま山荘事件』が起こったとき、まだ小学生でした。でも『生涯にわたるほどの、多大な影響を受けた』とおっしゃってましたね。それまでの価値観がすべてひっくり返された、と」

明日子は言った。

「そんな先生が『あさま山荘事件』への思い入れと、『東海道四谷怪談』へのリスペクトを注ぎこんだのが、この『四谷怪談異考』です」

「なるほど。で、『異考』のほうでもやはり伊右衛門、いえイエジはイワコを裏切るんですか？」

「もちろんです。イエジはアパートの大家の娘に見初められ、『女房と別れてうちに婿入りしないか？』と大家に持ちかけられます。『おれはここらの地主で、アパートや駐車場をいくつも持ってる。全部おまえと娘に継がせてやるぞ』とね」

「そして、イエジは原作どおりに渋る？」

「ええ。『妻のある身ですから』といったんは断ります。でも大家に『たかが内縁の妻じゃないか。それに今ごろは、きっと火事で……』とささやかれます。なんとこの大家、娘の結婚と焼け太りの一挙両得を狙って、イワコが住むアパート、つまり自分の持ちアパートに放火させてるんです」

「そりゃあいい。――じゃなかった。いや、いまのなし。道徳的にいけない台詞でした。でもナイス改変です」

部長は親指を立ててみせた。

「原作でもお岩さまへの加害に積極的なのは、伊右衛門より令嬢の父親ですもんね。それで、イエジはどうするんです？」

「そこも原作どおりです。『イワコはいま頃、火事で死んでいる？』とショックを受けるものの、すぐ立ちなおって縁談を承諾します。『その代わりきっと、財産は相続させてくださいよ』と念押ししてね」

「……近代を舞台にしても、やっぱりクズはクズでしかないのね」

と藍が苦々しく口を挟む。

「そりゃあそうだよ」

と部長は藍を振り向いた。

「そもそも『東海道四谷怪談』の伊右衛門は、〝徹頭徹尾クズな小悪党〟以外の個性がないんだもんね」

と肩をすくめる。

「とはいえ、伊右衛門はそこがいいんだ。ぼくは彼のことを前に『唯一現代にも通用する〝悪〟』だと言ったよね。伊右衛門およびイエジは基本的に流されやすい性格で、すべてにおいて行きあたりばったりだ。自分の欲にのみ忠実で、後さきを考えない。

かの芥川龍之介は伊右衛門を〝不良少年〟と評したらしいが、さすがの慧眼だよね。まさに伊右衛門は思慮の足りない、そのときどきの衝動で動く不良でしかない。カミュやドストエフスキーが書いた〝思想としての悪〟の対極にいる存在で、だからこそいつの世にも通用するのさ」

「そのとおりです。伊右衛門は〝状況に流される悪〟なんですよね」

明日子が首肯した。

「舅を殺すときも、同士や小仏小平を殺すときも、かっとなったか、目の前の障害を除いているだけ。そこに明確な恨みや意志はない。面倒から逃げて、すこしでも楽な道を選んで、一応は惚れていたはずの妻も都合が悪くなったら放り捨てて、その果てに身を滅ぼしていく……。時代や流行を問わず、いつの世も存在する、典型的な甘ったれのチンピラです」

「チンピラね。手厳しいが、まさにぴったりの言葉だ」

部長は苦笑して、

「それで、イワコは火事で亡くなるんですか？」

と先をうながした。

「いいえ。イワコはからくも助けだされます。ですが全身の右半分に大やけどを負い、赤ん坊は焼け死んでしまいます。入院費が工面できないイエジは無理やりにイワコを退院させ、仮住まいで自宅療養させますが、もちろん彼に看病なんかできません。最初のうちこそ食事や水を枕もとに運ぶものの、『こんな顔じゃ風俗でも働けない』『革命に生きるはずだったのに』と嘆くイワコが鬱陶しくなり、やがて大家の娘のもとへ入りびたって、自宅に寄りつかなくなります」

「それじゃあ、イワコは餓死してしまいますが」

「ええ。半月ほどしてふらりとイエジが帰ると、イワコは冷たくなっていました。イエジはイワコの死体をアパートの床下に埋め、『妻が男と逃げた』と周囲にふれまわります。そしてなに食わぬ顔で大家の娘と暮らしますが、次第に怪異が起こりはじめる……。というのが、大まかなあらすじです」

「ふうむ。では妹のお袖や、小仏小平にあたるキャラクターは出てこない？」

「小仏小平は、イエジがイワコの間男にでっちあげる端役として出てきます。でもお袖や直助にあたる役は、そうですね。存在しません」

と明日子は同意してから、つづけた。

「このあらすじで、おわかりですよね。民谷イワコはある意味、箱守先生の分身でもあります」

「ですね」部長がうなずく。

「箱守宵子さんも、顔の半面に火傷の痕がおありだった。しかも皮膚移植などの治療をせず、あえてそのままにしておられた。インタビューによれば『自戒の意味をこめて』とね」

　ああなるほど、と森司は思った。

　――容貌の貶めは、もっとも先生が忌み嫌った行為です。

　――なぜって、先生自身が……。

　そう紫乃譜が喫茶店で言いかけた理由が、ようやく理解できた。言葉の意味だけでなく、紫乃譜の主張そのものがだ。

　明日子が顎を引いた。

「ですから、先も言ったとおりなんです。先生にとってこの『四谷怪談異考』は、あらゆる意味で思い入れの――」

　そこまで言って、「あ、すみません」と声をあげる。

　見ると、劇団員が片手を挙げて明日子を呼んでいた。演技について相談があるらしい。

　黒沼部長は一歩下がり、会釈した。

「どうぞ行ってください。長らくのお相手、ありがとうございました」

「こちらこそ。では失礼しますが、ごゆるりと見学してらしてください」

　頭を下げ、明日子が小走りに駆けていく。

　その背を見送って、部長は部員たちを振りかえった。

「泉水ちゃん、八神くん、鈴木くん、どう？　ご意見は？」

「ま、なにかいるのは確かだな」

　泉水が腕組みして答えた。

「だがおれは生前の箱守宵子を知らんから、彼女かどうか断言しづらい。というか、生霊か死霊かすら、よくわからん」

「え、もう死んでません？　生きてるものの気配は感じませんよ」

驚いて森司は口を挟んだ。

「おれは逆に、生霊やと思いこんでましたわ」と鈴木。「死んでる誰かの存在は感じとれませんな。その死霊って、いまここにいますか？」

三人は、しばし顔を見合わせた。

やがて誰からともなく首をかしげる。

「きっぱり意見が割れましたね。つまり複数いるってことでしょうか」

「いや、すんません。おれは自信ないです」

鈴木がかぶりを振った。

「生きとるにしても、えらく弱いというか、曖昧なんですよね。うーん、なんやろこれ」

「死にかけてるのかもしれん」泉水が言った。

「病気かなにかで、いまわの際にいるのかもな。八神の言うとおり、複数いる確率が高いか。だがいずれにしろ、危害を加えてくるとは考えづらい」

「じゃ、ほっといても安心？」

と藍が問う。

「いや」泉水は腕組みし、考えこんだ。

「いまは悪意がなくとも、どう転ぶかわからん。どうやら〝完全に生きてる人間〟の思惑も、べったり絡んでるようだ。こっちは座長の死に関してだろう。そいつが下手に作用すりゃ、再度の悲劇に繋がることも充分あり得るな」

4

稽古場を出たところで、部員のうち半分が離脱した。

「おれはこれから、ガソスタのバイトだ」泉水が言う。

「わたしもバイトに行かなあきません」と鈴木。

「わたしもここで失礼します」

こよみが片手を上げた。

「実家に戻らないと。父がぎっくり腰になってしまって、起きあがれないんです」

「え、先生が？」

森司は目を見張った。

「病院は行ったのか？」

「往診してもらえました。でもぎっくり腰は、基本寝ているしかないので」

「だよな。……でもこの大雪に男手がないんじゃ大変だろ。なにかあったらいつでも呼んでくれ。たいしたことはできないけど、雪かきくらいはできる」

「ありがとうございます」

頭を下げて、こよみは泉水の車で去っていった。

部長はどうやら藍の車で大学に帰るらしい。さて、おれもバスのダイヤが乱れないうちに——と森司が考えていると、

「じゃあ急ぎの用がないぼくらは、優雅にランチして帰ろっか」

部長が手を叩いた。

「ひさびさに『M，sキッチン』でビーフシチューなんてどう？　奢るよ」

「行きます」森司は即答した。

あの老舗洋食屋のビーフシチューは絶品だ。しかし値段が高い。おいそれとは食べられない。奢りとあれば、上品ぶって遠慮などしていられなかった。

「えーと、あそこって駐車場あったわよね？　待ってて。車まわしてく——」

と藍がきびすを返しかけた瞬間。

「あの、すみません」

よく通る声が、凍えた空気を裂いた。

聞き覚えのある声であった。三人でいっせいに振りかえる。

そこに立っていたのは、手足の長いすらりとした美女——石渡紫乃譜だった。

稽古着の上にロングコートをひっかけている。足もとはゴム長靴だった。そのちぐは

ぐな恰好にもかかわらず、やはり彼女は美しかった。女優そのものの、気圧されるようなオーラを放っていた。

「じつはちょっと、お話があって……できれば内密に聞いていただきたいんです。お時間をいただけませんでしょうか」

「え？　あ、はい」

部長が「どうする？」と藍と森司へ目で合図する。

藍が先にうなずき、森司もそれにならった。

部長はスマートフォンを取りだし、

「では石渡さん、すこしだけ待ってもらえます？『M，sキッチン』に電話して、個室が空いてるか訊いてみます。ぼくいま、すっごくビーフシチューの気分なもんで。……あ、払いはぼくの奢りですからご心配なく」

と手を振った。


三十分後、森司、藍、部長、紫乃譜の四人は、無事『M，sキッチン』の個室におさまっていた。

「ビーフシチューセット四つ。コーヒーは食後に」

との注文を終え、あらためて紫乃譜に向きなおる。

「で、内密のお話とはなんです？」

「お時間の都合もありますし、率直に言いますね」

そう紫乃譜は前置きして、

「さっきは村崎くんがいたので、強くは言えませんでした。でもわたしは箱守先生の祟りなんて、あり得ないと思ってます。はっきり確信しています」

と言いきった。

「座長の死だって、ただの事故に決まってます。万がいち故殺だったとしても、人間の仕業ですよ。同じく劇団の創設メンバーだった座長に、箱守先生が祟るわけありません。疑うことさえ失礼だと思います」

淡い照明の光を受けて、紫乃譜の瞳はことさら大きく見えた。

眼に力がありすぎて、向きあうとたじろいでしまうほどだ。

「ですから、わたしの身に起こっている怪現象と、村崎くんが主張している箱守先生の祟り云々は、分けて考えてほしいんです。いえ、こんな言いかたは利己的に聞こえるかもしれませんね。でもそのほうが、あなたがたにも無駄な手間をかけさせずに済むと思うんです」

「つまりあなたは、村崎さんが嘘をついているとお考えで？」と部長。

「そこまでは言っていません」

紫乃譜の口調は揺るがなかった。

「ただ一緒くたにされたくない、というだけです。わたしはわたしの身に起こっていることも、箱守先生とは無関係だと信じています」

「ふうむ」

部長は顎を撫で、紫乃譜を上目づかいに見た。

「失礼ですが……あなたみたいな人が、なんでぼくらを信じるのかなあ」

「は？」

「いえね、先日もさる年長のご婦人から相談を受けましたが、その人はわかるんです。はたオカルト業界に片足を突っこんでた人だし、信頼できる仲介者がいましたからね。はたまたぼくらと同じ立場の学生や、スピリチュアル好きな劇団員からのご相談にも、まあ違和感は覚えません。でもあなたは、その——なんと言うかな。同じ劇団員ではあっても、大人ですよね。あなたみたいな人が、ぼくらみたいなガキを真面目に相手にするのって、けっこうめずらしいなと思って」

「ああ」

と紫乃譜は笑って、

「そうですね。確かにわたしは、この業界では稀少なタイプかもしれません。星占いも風水も好きじゃない。ごりごりの現実主義者です。お化けや幽霊だって、つい先日まではかけらたりとも信じてませんでした」

と認めた。

「でも現実にわが身に起こったならば、話はべつです。事実を否定して騒いだり、目をそむけるだけ時間の無駄でしょう。あるべきものを受け入れて、その上で対処を考えるのが真のリアリストだ、とわたしは思っています」

「なるほど。あなたは賢い」

部長はうなずいた。

紫乃譜が、笑みに唇を吊りあげたまま言う。

「わたし、こう見えて野心家なんです。野心をかなえるにはリアリストでなくちゃ。わたしには、明日子さんみたいに頼れる人はな——」

ないから、と言いかけて「すみません」と紫乃譜は謝った。

その〝頼れる人〟を、明日子は亡くしたのだと気づいたらしい。恥じた様子でかぶりを振った。

「失礼しました。いまのは忘れてください」

「いや、ぼくらはなにも聞こえませんでしたよ、大丈夫」

と部長は請け合い、問いを継いだ。

「ではもっと訊いていいですか？　リアリストのあなたが、霊現象を受け入れたところまでは理解できました。でも拝み屋だとかお祓いじゃなく、なぜぼくらなんです？　南壮介さんがぼくの名刺を持ってたから？　それともスタッフの雪大生ＯＢとやらが、よっぽどぼくらのいい噂を吹きこんだのかな」

「後者です。大道具の尾ノ上くんの弟が、以前雪大オカルト研究会にお世話になったそうですね。たっぷりとお話を聞かせてもらいました」

「ああ、尾ノ上くんか。『モナリザ事件』のときの依頼者です。そうかぁ、彼のお兄さんがね……。なら納得」

とうなずく部長に、紫乃譜がつづける。

「加えて、あなたがたが純粋な学生サークルで、お金を取らないという点も大きいですね。わたしがオカルト関係を長らく信じてこなかったのも、世にはびこる詐欺商法のせいなんです。他人の弱みにつけこんで、祟りがどうの、魔除けがどうのとお金を巻きあげる下種が世間には多すぎる。ああいう人種には虫唾が走ります。重ねがさね失礼ですけれど、あなたがたが心霊現象にくわしくて、かつお金を取らずに親身になってくれるなら、学生の遊び半分だろうとかまわない。そう割りきった次第です」

紫乃譜はそこで言葉を切って、

「すみません。いまのはちょっと率直すぎました」と頭を下げる。

「いえいえ。率直なの大歓迎」

部長がにこにこと応じる。

「それに品定めしたかったのは、こちらだって同じです。石渡さんはリアリストで率直。そしてすくなくとも、いまのところはお言葉に嘘がない。それは、はっきり感じとれました」

「ありがとうございます」

と紫乃譜が頭を下げたとき、個室の引き戸が開いた。

ウエイトレスがカトラリーを置き、四人ぶんのビーフシチュー、サラダ、パンを配膳(はいぜん)し、注文を確認して去る。

「冷めないうちに、まずはいただきましょう」

部長の号令で、全員がカトラリーを手に取った。

ビーフシチューは大きな牛肉の塊がごろりと二つ入っていた。驚くほど柔らかく、フォークだけで簡単に切れた。口に入れるとしっかり肉の繊維を感じるのに、嚙(か)みしめる前に舌の上でほろほろと溶けていく。

具材だけでなく、シチューそのものがまた絶品だった。全員がものも言わず食べつづけた。シチューの最後の一滴までパンで拭(ぬぐ)いとり、ようやく息をつく。

「……ああ、美味(おい)しかった」

お腹を撫でて紫乃譜は笑った。

「美味しいのって、ほんとあっという間ですね。もっとじっくり味わえばよかった。もったいないことしました」

「喜んでもらえたならよかった」

部長が微笑む。紫乃譜が笑みを返して、

「率直ついでに、本題に入りますね。座長の死が祟りじゃない、とわたしが確信しているのは、じつはまだ理由があるんです」と言った。

「ほう、なんでしょう？」

ナプキンで口を拭って、部長が問う。

「座長が死ぬ数日前のことです。わたし、あやしい男に声をかけられました」

そう紫乃譜は表情を引き締めた。

「と言っても、そのときはさほどあやしいとは思わなかったんです。身なりもきちんとしていましたし、なにより礼儀正しかったから。――その男は、探偵社の人間だと名乗りました」

「探偵ですか。では、なにかを探っていた？」

「ええ。――明日子さんの、素行についてです」

言いにくそうに紫乃譜は告げた。

「『依頼主や、くわしい事情は明かせませんが』とその探偵は言いました。『南明日子さんについての素行調査です。同じ劇団員の目から見た、各劇団員と彼女の関係について教えてもらえませんか』。そう言って、彼はわたしを近くの喫茶店に誘いました」

「で、あなたはそのとおりにした？」

「そうです。これも率直に言ってしまいますが、好奇心で」

明日子さんを探る、その依頼主とやらに興味があったんです――。小声で紫乃譜は認めた。

「だから言われるがままに、喫茶店に入って話を聞きました。どうやら探偵は、彼女の異性関係について知りたいようでしたね。わたしが『明日子さんの浮いた噂なんて、最近は聞きませんけど』と言っても、『そうですか？　だったら以前の噂でもいいですよ』なんて言いかたをして、いやな感じでした。その後もわたしがのらりくらり逃げていたら、ついに『明日子さんのお見合い相手が、いろいろ心配してるんです』と言いだしました。その答えに一応納得したので、『とにかく、最近はなにもないようです』と切りあげて、店を出たんですが……」

「その数日後、南壮介さんが亡くなった？」

「そうです。でも当初は座長の死と、その探偵を結びつけてはいませんでした。意識が変わったのは、つい先日です。座長の奥さまとお話ししたとき、わたしがふっとその話題を出したところ――」

引き戸がひらいて、ウエイトレスが出ていくのを待って、紫乃譜は話をつづけた。

「そうしたら『明日子のお見合い？　なんのこと？』と奥さまはきょとんとしていました。『あの子にお見合いなんて無駄よ。我の強い子だし、承知するわけない』と。……じゃああの探偵は何者？　と急にざわっとしました。ちなみにその探偵の人相を奥さまに話しましたが、『心当たりがない』とのことでした」

「その件、警察に言いました？」

「奥さまから連絡してもらいました。わたしは個人的に、警察が苦手でして。いえ、前科があるとかじゃないんですよ。ただ、いい思い出がないんです」

「まあ、警察が好きな人のほうがすくないですよ」

と部長はいなして、

「明日子さんには？　その自称探偵のこと、話しましたか」

「わたしからは言ってません。『あなたのこと嗅ぎまわってる人がいましたよ』なんて、言いづらいじゃないですか。奥さまも『娘にはそれとなく注意しておく』なんて口ぶりでしたね。一部始終を話すつもりはなさそうでした。さらに奥さまは、ふっと言ったんです。『壮介にも、敵がなかったわけじゃないから……』と」

紫乃譜は思わせぶりな間ののち、コートのポケットを探った。

「こちらが自称探偵からもらった名刺です。ネットで検索してみましたが、この探偵社はとっくに潰れていました。該当住所は、グーグルアースによれば更地。――ねえ、どう考えてもあやしいでしょう？」

「ですね。ではあなたは、その自称探偵が南壮介さんを殺した、とお考えで？」

「可能性はある、と思ってます。身分を詐称する男があらわれ、その数日後に人が死んだんですもの。ただの偶然じゃ片付けられません」

「確かに。そうそうある確率じゃないですね」

部長はうなずいた。

「だからあなたは、座長の死は箱守宵子さんの祟りなんかじゃない、と確信してるわけだ。事故もしくは、その男の仕業に違いないと。村崎葵さんが聞いたという、箱守さんの声についてはどうです？」

「幻聴でしょう」

さらりと紫乃譜は言った。

「村崎くんはああ見えて、気のちいさい人ですから。わたしと同じく、初の主演ですしね。彼は親族に反対されながら、隠れて役者をつづけているようなんです。でもさすがに主演となれば〝隠れて〟は無理ですもの。葛藤(かっとう)やプレッシャーが、彼に幻聴を聞かせたんじゃないでしょうか」

「なるほど。理屈は一応通ってますね」

部長はひかえめに同意して、

「ところで失礼ながら、あなたは箱守宵子さんに思い入れが深いようだ。さきほどは『疑うことさえ失礼だ』とまでおっしゃった。箱守さんが祟りをなすような人だとは、考えてすらいないんですね？」

「そのとおりです。——箱守宵子先生は、強い人でした」

紫乃譜は断言した。

「その意志は『四谷怪談異考』の脚本にもあらわれています。箱守先生はヒロインのイワコに己を重ねながらも、徹底的に突きはなして描いておいででした。嫌っていた、と言ってもいいでしょう」

彼女は指でカップの縁をなぞった。

「先生の顔の火傷(やけど)……。どうしてできたか、ご存じですか？」

「おおよそは」

部長が首肯した。

「箱守先生もまた、伊右衛門のような男を――無職だった内縁の夫を、十年近く支えていたんですよね。そして火傷は、その夫の寝煙草が原因で負ったものだ」

「ええ。しかもその男は先生の火傷痕(あと)を見るや、さっさと若い女を見つけて出ていきました。まさに『四谷怪談』を地でいくような話です」

「なのに箱守さんはイワコに、いえ、お岩さまに共感しなかった？」

「しなかったどころか、当時こう言っていたそうです。『自分は不幸を乗りこえた。運命に勝った。だからこそ、死んで祟るしかできなかった岩が理解できない』と」

紫乃譜はうっすら苦笑して、

「ひどい言いかたに聞こえるでしょうね。でも先生は本気でした。おまけに先生は、伊右衛門への岩の薄情さにも怒っておいででした。〝全編を通して、岩には伊右衛門に対する愛情が見られない。復縁したのだって、伊右衛門を仇討(あだう)ちの道具と見なしたからでしかない。伊右衛門はやさしさや思いやりこそないけれど、令嬢との縁談を断ったり、『夢の場』で美しかった頃の岩を想ったりと、あきらかに妻に惚(ほ)れている。それに比べて岩は、夫に裏切られたと知ったときも怒るばかりで、いっこうに悲しみをあらわさない〟……」

「糞味噌ですね」

部長もさすがに苦笑した。

「とはいえ、確かにそのご指摘は一理あります。それに『夢の場』はいいですよね。うちの祖母が歌舞伎好きなもんで、ぼくも片岡孝夫と坂東玉三郎の『夢の場』をDVDで何度も観させられました。玉さま、きれいだったなあ」

と嘆息してから、

「まあ箱守さんみたいな人には、お岩さまの弱さが歯がゆく見えたんでしょう。同じく弱いぼくなんかは、怨霊のお岩さまの無双ぶりにすかっとしますけどね。暦応の頃は現代と違い、おいそれと弱者がやりかえせる時代じゃなかったし」

と肩をすくめた。

「でも石渡さんの言いたいことはわかりました。確かに箱守宵子さんは『祟るだの恨むだの、みっともない。プライドがないの？』と言いそうなタイプですね。自分に厳しく、他人にも厳しい。いや、お岩さまが若い頃の自分に似ていたからこそ、よけい忌々しく思えたのかな？」

「だと思います」紫乃譜は言った。

「噂では、例のヒモ男と暮らす前、箱守先生は不幸な恋をなさったんだそうです。『ほんとうに好きな男と引き裂かれたせいで、宵子は変な男にひっかかっちまったんだ』と、酔ったときに座長がこぼしていました。ですから──」

紫乃譜の声が消えた。

手もとでスマートフォンが鳴ったせいだ。画面を確認して、紫乃譜が頭を下げる。

「もうこんな時間なんですね。すみません、わたし稽古場へ戻らなきゃ」

「じゃあ送りますよ」

藍が言う。

「いいんですか？　すみません。こちらの勝手でお話を聞いてもらった上、ご馳走までしていただいたのに」

「いえいえそんな。お店にはこっちが誘ったんですもん」

愛想よく藍は微笑みつつ、伝票を部長へ押しつけた。


洋食屋から稽古場へ向かう車内でも、部長は紫乃譜と話しつづけていた。

助手席から後ろへ身をのりだして、

「石渡さんはやっぱり、箱守さんのファンだから『箱庭座』に入団したんですか？」

と尋ねる。

「はい」紫乃譜はうなずいた。

「わたしは芝居に目覚めるのが遅くて、『箱庭座』の黄金時代を観られなかったんです。それだけに、創設メンバーの五人に憧れが強いんですよね。主軸は箱守先生。次に南座長。そして初代の民谷イワコを演じた潮みつ恵さん。先生がお亡くなりになったいま、あと三人しか残っていませんが――」

「二人ですよ」部長が訂正する。

「そうでした」

紫乃譜はまぶたを伏せた。

「ですよね。南座長も、もういない。……頭ではわかってるんです。でもまだ、いまひとつぴんと来なくって」

「わかります。身近な人の死は、実感として受け入れるのに時間がかかりますよ」

なだめるように部長は言って、

「でも失礼ながら、野心家を自認するなら『箱庭座』は遠まわりな道じゃないですか？あそこには潮みつ恵さんという看板女優がいて、次点に座長の娘である南明日子さんがいる。この二人がいる限り、なかなか主演の座はまわってこなかったでしょう。『四谷怪談異考』の主演だって、異例の大抜擢だったのでは？」

「ちょっと、部長」

運転席から藍がたしなめる。

しかし紫乃譜は笑って「いいんです」と受け入れた。

「そのとおりです。『箱庭座』はよくも悪くも南座長と潮みつ恵さんのもので、潮さんが一歩引くようになってからは、明日子さんが看板女優となりました。……でも明日子さん本人は、親のひいきを厭ってましたよ。座長の娘びいきを〝親馬鹿〟だと、冷ややかに切って捨てていた。だからわたしは、明日子さんを嫌いになれないんです。彼女は彼女なりに、父親の支配から抜けだそうとしていました」

「ではあなたは、団での扱いに不満はなかった？」

「まったくなかった、と言えば嘘になります。でもくさって芝居に手を抜いたら、それこそすべてが無に帰するでしょう。わたしは家柄も学歴もないから、この道一本なんです。箱守先生と同じくね」

そう紫乃譜は誇るように言った。

藍がウィンカーを出して右折レーンに入る。対向車が行き過ぎるのを待って、ゆっくりと右折する。雪で道幅が狭くなっているため、けしてあせらず、譲りあいながら進んでいく。

「話を戻すようですが、わたしが『箱守先生は祟ったりしない』と断言できる理由もそこなんです。先生とわたしは似たタイプだからわかります。先生は絶対に、化けて出て他人に恨み言をぶつけるような人ではありません」

どうかな、と森司はひっそり思った。

――いいや、それはどうかな。

口には出さず、心中でつぶやく。

彼は紫乃譜と同じく、後部座席にいた。その視線は窓の外へ向いていた。

もう稽古場が近い。目と鼻の先だ。迫っている。稽古場の正面には、除雪車が寄せていった雪が壁となってそびえ立っていた。女性の平均身長ほどの高さだ。

その壁のてっぺんに、女が座っていた。

ひどく痩せた女だ。両手で膝をかかえている。薄っぺらい患者衣をまとっている。おまけに裸足だった。

車外は吹雪である。あきらかに生きている人間ではなかった。

そして女の右半面は、重度の火傷でひどく歪んでいた。皮膚の引き攣れのせいで、目と口の片端が持ちあがって見える。半面だけが嘲笑をたたえているかに映る。

部長の言葉が、森司の脳裏によみがえった。

——箱守宵子さんも、顔の半面に火傷の痕がおありだった。

——しかも皮膚移植などの治療をせず、あえてそのままにしておられた。

ならばあれは、箱守宵子以外ではあり得まい。

森司は確信した。おれが感じた死霊の気配はあの人だ、と。

箱守宵子は身じろぎひとつしない。身を縮めて雪壁の上に座りこみ、一点を見つめている。稽古場の窓を見ているようにも、そうでないようにもとれた。

森司は、ゆっくりと顔をそむけた。

5

その夜、森司はアパートで黒沼部長からの長文メールを読んだ。

ロウテーブルに携帯電話を置き、あぐらをかいた姿勢である。目の前には、出来たてのしらす炒飯(チャーハン)がほかほかと湯気を立てていた。

毎食が餅(もち)では、さすがに飽きた。やはり米は偉大だ、と森司は実感した。

米は毎日、三度三度食べても飽きない。

葱(ねぎ)と卵をごま油で炒(いた)め、白飯を入れてさらに炒め、塩胡椒(しおこしょう)と旨味(うまみ)調味料、鍋肌(なべ)で熱した大蒜醬油(にんにくじょうゆ)で味を付け、特売のとき買って冷凍しておいたしらすを加えるだけで、こんなにも美味(うま)い。

土鍋(どなべ)で米が炊けるようになる前は、パスタと食パンばかりだった。だがその頃だって、ランチは必ず学食で丼なり定食を食べていた。

たとえカロリーが充分でも、十食に一食は米飯でないと力が出ない。これはやはり、稲作民族の血がなせる業なのか――。

とどうでもいいことを考えつつ、森司は左手で画面をスクロールさせた。

「いやあ、怪談はあまたあれど、なぜ四谷怪談だけがこうも長い間〝祟る〟作品として語られるのか。その理由をかいま見た一日だったね」

そんな書き出しではじまる部長のメールは、さらにこうつづく。

「そもそも江戸の世で、なぜ『東海道四谷怪談』があれほど当たったか。〝廻り舞台や戸板がえし、一人二役の早替りなどのからくりが受けただけ〟と明治には評されたらしいが、そうじゃない。まず複雑な筋立てと構成があり、緻密な伏線があり、なにより伊右衛門のキャラクターが立っていたからだ。『東海道四谷怪談』はお岩さまの物語じゃなく、じつは伊右衛門の物語なんだよね。

民谷伊右衛門は平凡な小悪党に過ぎない。だがだからこそ観客は、〝小悪党が状況に流されるだけで、ときにどれだけの悲劇を生むか〟をまざまざと思い知る。彼は普遍的な悪なんだ。〝あく〟でなく〝わる〟と読ませるほうの悪だね。いつの世にもいて、いつの時代の人間にも『ああ、こんな行きあたりばったりのクズいるなあ』と思わせてくれる悪なわけ。

現代にもいるでしょ。妻を大事にしないくせに、去られたら途端に執着して追いかけまわすDV夫。それまで子供なんか見向きもしなかったのに、いざ離婚となったら『親権は渡さん！』といやがらせ目的でごねる夫。逃げた妻を追ってストーカーし、かくまった家族ごと殺傷してしまう夫。はたまた妻に風俗で稼がせて、自分は働かないくせに妻をなじるヒモ男。これらの要素を、伊右衛門はすべて兼ねそなえてる。

彼らは女性と関係を持つけれど、愛せない。彼らが愛情だと思っているものは執着に過ぎない。だから妻子を失えば、おもちゃを取られた子供のように駄々をこねる。その証拠に、取りもどしてしまえば一顧だにしない。

無分別で無教養。精神的に幼稚。その場限りの嘘でごまかし、塗り固めることで己まで窮地に追いこんでいく。他人を愛さないが、貪ることには長けている。自己愛の塊で、損得にのみ敏感。ものごとを深く考えない。悪いのはいつだって他人で、都合が悪くなると被害者ぶる――。ね、こういう人いるでしょ？　誰しも一人くらいは『ああ、まるであいつみたい』と思う知人がいるはずだ。

そしてこんな男の被害に遭う女も、いつの世だろうと存在した。ろくでなしの亭主を抱えて苦労する妻。ヒモ同然の夫を養う妻。DV亭主に追われて、子供とともに逃げまわる妻。逆に『逃げたい逃げたい』とぐずぐず愚痴をこぼすばかりで、わが子を犠牲にしながら行動を起こさない妻……。

江戸の世から、〝お岩さま〟に類する女性は、何千何万と存在してきた。ぼくらがお岩さまを恐れるのは、その無数の女性たちの影を『四谷怪談』の中に見出すせいだ。彼女たちが限界まで追いつめられた姿を、見せつけられた気がするからだ。そして彼女たちの窮状を見過ごした自分にも、もしかしたら祟りが及ぶのではないか――。そんな恐れを、鼻さきに突きつけてくるのが彼女なんだ」

部長のメールはさらにつづいた。

「たいていの観客はお岩さまに同情し、共感する。しかしまれに、箱守宵子さんのような人もいるようだね。これを心理学では〝攻撃者との同一化〟と呼ぶ。

たとえばほら、学校の部活なんかで、先輩に受けたしごきを後輩にそのまま繰りかえしちゃう人がいるでしょ。ブラック企業なんかでも中間管理職が、自分が社長にやられたまんまに部下を怒鳴りつけたりする。これは自分が体験した無力感や恐怖を、もっと弱い人間にぶつけることで乗り越えようとする心理なんだ。弱者側から強者側にまわることで、自我を保とうとするんだよ。そして『自分と違って努力しないから、後輩および部下は駄目なんだ』と決めつけるわけ。

そういえば先日、興味深い記事を読んだよ。心療内科医が痴漢の累犯者をカウンセリングしたところ〝学生時代にいじめを受けた〟人の率が圧倒的に高かったんだって。これもまた自分が受けた心の傷を、より弱い者へ向けるという典型的な……」

そこで電話が鳴った。

森司はすかさず画面を切り替え、通話ボタンを押した。

「はい、八神で――」

「せ、先輩ですか？」

こよみの声だった。森司は急いで口の中の炒飯を飲みくだし、

「うん、おれだ。どうした灘」と問うた。

「た――、助けてください」

「え？」

「家から、出られないんです。玄関も、窓も開かなくて。閉じこめられました」

「ええっ」

一瞬、森司は絶句した。

次いでその脳裏に、つい数日前の光景がよみがえる。

そうだ、つい先日もこうして助けを求められたではないか。あのときは先輩が突然やって来て、トイレの戸が開かない云々かんぬんと――。

「……もしかして灘んち、まだ屋根の雪下ろしをしてない？」

「はい！」

即答だった。

「父はぎっくり腰ですし、母は高いところが駄目なんです、雪下ろしは二人一組でないとできないので、つい後まわしに……」

「待ってろ。いま行く」

通話を切るが早いか、森司は立ちあがってコートに袖を通した。

6

灘家を訪れるのは久しぶりだった。

赤い釉薬をかけた瓦屋根。洒落た格子のフェンス。けして大きくはないが、住みやすそうでセンスの行きとどいた邸宅である。

しかし瓦の赤は、いまや雪に覆われて端しか見えない。ぶ厚い雪にこんもりとのしかかられ、家の軋む音が外まで聞こえてきそうだ。

「うわ。こっちはさすが、市内の一・三倍は積もってるな……」

森司は眉をひそめた。

ちなみに八神家は東京から帰った父が、お隣さんと協力し合って雪下ろししたそうだ。

「おれも行こうか？」と一応訊いたが、

「もう済んだと言ってるのに、なぜ来るんだ」と逆に呆れられた。「来たっていいが、夕飯はないぞ」となぜか牽制までされてしまった。

灘家のアプローチは雪除けされ、人が通れる道がきれいに確保されていた。

だが屋敷にのしかかる雪の重みは、見た目以上の凄まじさだった。

玄関どころか、風防室の戸を開けるにも苦労した。風防室の中には、灯油タンクと並んでスノーダンプやスコップが立てかけてある。

森司は玄関扉の前に立ち、チャイムを押した。

「灘？　おれだよ、八神だ」

「八神先輩！」

インターフォンからこよみの声が響いた。

森司はカメラとおぼしきレンズに向かって手を振り、

「ああ、玄関先まで出てこなくていいよ。あったかい部屋にいてくれ」

と言った。

「それより、脚立か梯子(はしご)がある場所を教えてくれないか。夜だけど街灯が近くて明るいから、雪下ろしできると思う。この様子じゃ、朝まで待てな――……」

「おーい。そこのお兄ちゃん」

風防室の外から声がした。

振りかえると、そこにはニット帽にマフラーにアノラック、手袋にワークブーツと完全防備で固めた男性が立っていた。

見たところ六十代だろうか、頰と鼻の頭が雪焼けしている。満面に人の好(よ)さそうな笑みをたたえ、小脇に梯子とスコップを抱えた彼は、

「お兄ちゃんらろ？　こよみちゃんの彼氏って」

と森司を指さして言った。

「彼――いえ、あの、同じ大学の者です」

慌てて森司は首を振った。

「閉じこめられたって連絡があって、それで」

「うん、おれも灘さんとこの奥さんから電話もらってさ。あ、おれ町内会長なんだ。会長って言っても定年退職して暇だすけ、便利屋やってるようなもんだども。ともかく、さっき奥さんに『こよみの彼氏が来るから、道具貸してやってくれ』って電話で頼まれたんだぁ」

「そうなんですか。こんな時間にすみません」

「いいんさあ、困ったときはお互いさまらて。なーんか奥さんが熱出たみてぇでさ、こよみちゃんが薬局行こうとして玄関戸に手ぇかけたら、開かねがったんだと。窓も開がねぇって言うけど、当たりまえださな。外壁と塀との隙間にも、雪ががっちり詰まってしもてるもの。——ま、そしたらお兄ちゃん、のぼろか」

「え？　一緒にのぼってくださるんですか」

「そらそうらろ。雪下ろしは一人でやるもんでねぇさ」

町内会長は快活に笑った。

「そん代わり、こよみちゃんの話聞かせてくれな。おれぁあの子が、こーんげちっちぇえ頃から知ってんさ。んで、どっちから告(コク)ったんだ？　奥さんは『間違いなくこよみからよ』なんて言ってたけどなぁ。やいや、お兄ちゃん、おとなしげな顔してやるもんだねえ」

さいわい雪はやんでいたため、雪下ろしは一時間半ほどで終わった。

森司は屋根から下り、まずは風防室の戸がスムーズに開くようになったかを確かめた。次いで借りた道具を返し、町内会長にぺこぺこと頭を下げる。

背後で玄関扉の開く音がした。

「先輩！　乙津(おづ)のおじさん！」

駆けてきたのはこよみだった。部屋着にコートを羽織って、足もとはムートンブーツという恰好だ。

そういえばおれも上下スウェットにコートだけだ、と森司はいまさらながら気づいた。お洒落する暇などなかったからしかたないが、コートを脱げばただの部屋着である。しかも雪下ろしという重労働をこなしたせいで、全身汗びっしょりだ。

「すみませんでした。ほんとうにありがとうございます」

何度も頭を下げるこよみに、町内会長は鷹揚に手を振った。

「いやいや。お礼なんかいらねぇて。いい話、たっぷり仕入れさしてもらったしさ」

「え？」

「こっちの話。それよりこの袋、奥さんに渡しといてな。漢方の風邪薬だ。んだば八神ちゃんも、またなー」

来たときと同じく、梯子とスコップを小脇に抱えて会長は去っていった。

「八神ちゃん……」

こよみは小声で繰りかえして、

「仲良くなったんですね」と森司を見上げた。

「いや、仲良くなったというか……うーん……」

森司は返事に迷った。

面白がられていた、とはさすがに言いにくい。

しかも町内会長はかなりの聞きだし上手であった。途中で何度「酒の席でなくてよかった」と思ったかわからない。もしアルコールが入っていたなら、いま以上にあらいざらい白状させられていただろう。

そう思いかえす森司の横で、こよみがあらためて頭を下げた。

「それより、すみません。パニックになってしまって、つい先輩に電話を」

「いやいいんだ。困ったとき、真っ先に思いだしてもらえて嬉しい」

それじゃおれもこれで──と森司はきびすを返そうとした。だがそのコートの裾を、いち早くこよみの手が摑んだ。

「だ、駄目です！」

「え」

「帰らないでください。うちの親からも、先輩にお礼を言わないと！　たいしたことはできませんが、せめて寄っていってください！」

是非にと乞われて上がってみると、なるほど灘家は雪下ろしどころではない惨状だった。

こよみの父は仏間にうつ伏せに寝そべったまま、

「すまんな八神くん……。こんな恰好で、ほんとうにすまん……」

と日ごろの威厳もどこへやらの姿であったし、こよみの母も寝間着にカーディガン、口にはマスク、額に冷却シートを貼った姿であらわれた。

「八神くん、ごめんなさいね。間が悪いことにわたしまで熱を出しちゃって。玄関前の雪除けはこよみがやってくれたけど、屋根まではとても……。なんとお礼を言っていいか」

「ああ、いえ、おれより町内会長さんのほうがよっぽど」

「乙津さんには、あとでまたお礼をするからいいの。それより八神くん、夕ごはんは食べたの？　ああそう。じゃあこよみ、あったかい飲みもの作ってあげて。もう遅いし、コーヒーより熱燗がいいわね。それと、今夜は泊まっていってね」

「えっ」

森司は目を見ひらいた。

「いやそんな。か、帰りますよ」

「だってもうバスないわよ」

壁掛けの時計を指して、こよみの母が言う。

「遠慮しないで。うち部屋数だけは余ってるの。八神くんが熱燗であったまってる間に、客間にお布団敷いておくから」

「あ、いや、その」

「ああそうか、違うわね。熱燗の前にお風呂よね。雪下ろしで汗かいたでしょう。ごめんなさい。わたし熱でぼーっとしてるみたいで、気が利かなくて。さ、どうぞどうぞ。

着替えはお父さんの服で申しわけないけど、洗濯してあるから大丈夫よ」

そうして拒みきれなかった森司は現在、灘家の客間で正座している。

敷かれた布団はやや樟脳の香りがするものの、厚手でふかふかだ。そして森司自身も、風呂に入って熱燗でもてなされたおかげで全身ほかほかである。

体はちょうどいい具合に疲労し、常ならばすぐさま熟睡できるコンディションであった。

――とはいえ、眠れん。

森司はこめかみを指で押さえた。

――こよみちゃんとひとつ屋根の下じゃないか。

いや、いままでだって同じ屋根のもとで泊まったことはある。衝立だけを隔てて旅館の同室に泊まった経験も、一台のキャンピングカーに泊まった経験さえある。

しかしあのときは、ほかに部員がいた。

部長がいて泉水がいて藍がいて、ときには鈴木もいた。

いやむろん現在とて、こよみの両親がいる。二人きりなどではない。

ないのだが、なんというかシチュエーションが違う。心がまえというか、心持ちが違う。

その上いま森司は自分の衣服すら着ておらず、ひどく無防備だった。鎧を剝がされたような寄るべなさがある。ともすれば心まで無防備になってしまいそうな、ちょっとした刺激で胸の奥底まで吐露してしまいそうな、そんな不安をひしひしと感じる。

「い、いかん。寝よう、寝ないと……」

自分に言い聞かせるように、森司はつぶやいた。

そうだ。ここはあくまで灘家であって、ご両親がおられる。よこしまな感情など抱いていい場ではないのだ。

確かにこよみ父はぎっくり腰で動けないし、こよみ母は発熱中で身動き取りづらいようだ。だがおれは、それを好機と思うような節操なしの人間ではない。

理性がある。すくなくとも最低限の知性がある。

ホモサピエンスなのだ。動物でなく、進化した人類だ。かのパスカルが言うところの考える葦なのだ。したがって直立二足歩行の誇りに懸けてでも、原始的本能、いや性的欲求ごときに屈するわけには――。

「先輩」

「うわぁっ」

森司は布団の上で飛びあがった。

あやうく心臓がはみ出そうになった口を押さえ、声の方向へと顔を向ける。閉ざされたドアの向こうに、はっきり人の気配を感じた。

「な、灘か？」

「すみません。ノックしたんですが、聞こえづらかったですか」

「ああいや違う。つまらない考えごとをしてた。ものすごくつまらないことだ。ええと、どうした？」

立ちあがりながら森司は尋ねた。こよみの声が応える。

「よかったら、お夜食でもどうかと思って」

「夜食？」

言いながら、森司はドアを開けた。

眼前には、重そうな盆を持ったこよみが立っていた。朱塗りの盆には焼きおにぎりが入った小どんぶり、急須や醬油の小瓶、ラップをかけた小皿などが整然と載っている。

「えらくちゃんとした夜食だな。わざわざごめん。ありがとう」

森司はこよみを室内へ通した。

布団を敷くため脇へ寄せていた座卓へ、こよみが急須やどんぶり、小皿などを手早く並べていく。

「お茶漬けです。おせちの流用なので、お客さんに出すには失礼なんですが」

「いやいや、おれなんて客のうちに入んないから」

気を遣わないで、と手を振って森司は座卓の前へ腰を下ろした。そして、並べられた小皿の中身に目を見張った。

――こいつは、ずいぶんと贅沢なお茶漬けだ。

小皿にはそれぞれ、剝いてほぐした蟹肉、同じくほぐされた白身魚、つやつやと輝くいくらが盛られていた。わずかに残る皮の色からして、白身魚はおそらく鯛だろう。

急須には熱い出汁が入っていた。それを小どんぶりの焼きおにぎりに注ぎ、醬油をほんの少量垂らす。さらにほぐした蟹、鯛、いくらを好きなだけ載せ、海苔を散らし、山葵を添えて出来あがり、だ。

「焼きおにぎりを箸で突き崩しながら食べてください」

「めっちゃくちゃ美味そうだな……。いただきます」

掌を合わせて、森司はありがたくお茶漬けをかきこんだ。

当然ながら、美味かった。まずいわけがなかった。一口目は鯛と海苔でいただき、次に蟹の風味を楽しみ、三口目はいくらで啜りこんだ。

「美味いなあ、これ」

こよみに勧められるがまま、蟹肉を追加しつつ森司は唸った。

「うちはお正月休みの終わりごろに、毎年食べるんです。このお茶漬け」

「部長は正月の間、三度三度こんなの食べてたのかな。そりゃ痛風を心配するわけだよな」

しみじみ慨嘆する森司に、

「それはそうと、おかげさまで家じゅうの戸がスムーズに開くようになりました。雪下ろしをしてくださったおかげです。ありがとうございます」

箸を置いて、こよみが深ぶかと頭を下げた。

「ああ、いやいや」

森司はかぶりを振った。

「役に立ててよかったよ」

「でも先輩、高いところ苦手じゃないですか。なのに呼びつけてしまって。電話のあと、われに返って反省しました。ほんとうにすみません」

「いやそれが意外と大丈夫なんだ。まわりじゅう真っ白で、高低差がわかりづらくなってるから。じつはこないだアパートの雪下ろしもやってさ、そのとき達観できたよ。夏なら無理だろうけど、一面雪のいまなら視覚的に自分をだませる、ＯＫＯＫって――」

ふっと言葉を切り、森司はこよみの首もとを覗きこんだ。

「あれ、灘、ネックレスしてる？」

「あ、はい。着けてきたんです」

恥ずかしそうにこよみが認める。

そのデコルテには、まぎれもなく森司がクリスマスに贈った真珠が輝いていた。

「さすがにいつもは、家ではしてませんけど」

「だ、だよな」

うなずきながら、ということはわざわざ着けてきてくれたのか、と森司は思った。

――おれのところへ夜食を運ぶために。たったそれだけのために。

そう思っただけで、さっき口からはみ出しかけた心臓が、所定の位置でどくどくと鳴りはじめる。

「今日の午前中も着けてましたよ。……気づきませんでした？」

「え、あ、どうだろ」

「一緒に伊勢丹に行ったときもです」

「そ、そうなんだ」

「もう」こよみが唇を尖らせる。だがその目は笑っていた。

彼女は利き手を振りあげて、

「……ぱんち」

ちいさな拳を、森司の肩にぽこっと当てた。

——いかん。

森司は咄嗟に顔をそむけた。

いかん、これはいかん。高鳴った心臓が、なんだか急に痛い。なにかの発作のごとく痛い。殴られた箇所はちっとも痛くないのに、心臓が引き絞られるようだ。いかん。

体に他人の拳が当たって、こんな気持ちになったのははじめてだ。いや、むしろもっと殴られたい。できることなら、あと百回くらい殴ってほしい。きっと彼女になら踏まれ、足蹴にされたとて心地いいに違いない——。

などと危険な方向に走る思考を押しとどめ、

「ご、ごめん。次は、すぐ気づくよ」

と森司は精いっぱい平静を装って言った。

しかしその顔はわれながら、どう考えてもでれでれと緩みまくっていた。


「ごちそうさまでした」

「お粗末さまです」

空っぽの皿とどんぶりを前に、お互い頭を下げる。

「灘は、もう寝るの？」

「いえ、食べたばかりですから。たぶんあと一、二時間は起きてます」

「そ、そうか」

「よかったら洗面所使ってください。新品の歯ブラシ、あとで持ってきますね。あ、湯たんぽって使いますか？」

「いや大丈夫」

「ほかになにか、必要なものは……」

「大丈夫」

数秒、沈黙が落ちた。

妙に気まずい沈黙であった。

まず森司が先に目をそらし、次にこよみが視線をはずした。

なぜか、空気が張りつめていく。

「あ、じゃあわたし、これで――」

こよみが腰を浮かす。朱塗りのお盆の把手に手を伸ばす。

しかしいち早く、森司の手が彼女の手首を摑んだ。

そのまま二人の動きが止まる。

壁掛け時計の秒針の刻む音が、やけに大きく響いた。

こよみの瞳に、戸惑いが浮いているのを森司は見た。

だが誰よりも戸惑っているのは、なにを隠そう森司本人であった。

――なんだ、なにをやっているんだおれは。

自分の行動が信じられない。

なぜこよみの手首を摑んでしまったのか、そしてなぜいまだに離せずにいるのか、さっぱりわからない。自分で自分が理解できない。

――でも、いま、彼女を行かせたくない。

鼓動が耳のそばで鳴っている。うるさいくらいだ。

自分の呼吸の音も聞こえる。神経が研ぎすまされているのに、視界がやけに狭い。瞳のピントが絞られてしまったかのように、こよみから目が離せない。

駄目だ、やめろ。森司は思った。

ここはこよみちゃんの家だぞ。同じ屋根の下に、ご両親がいらっしゃるんだぞ。

なんのつもりだ。やめろ。その手を離せ。か、彼女に顔を近づけるんじゃない。違う。いかん。それは非常にいかん。

こよみちゃんも抵抗してくれ。なぜ、やめろと言ってくれないんだ。なぜそんな目でおれを見るんだ。抑えが利かなくなるじゃないか。

いやいや、駄目だ。駄目だ駄目だ駄目だ。駄目だ。こよみちゃん。そんな。まぶたを閉じないでくれ。なぜうっとりと閉じるのだ。そんなことをされたら、おれのような馬鹿が誤解するではないか。錯覚するではないか。ただでさえ乏しいおれの理性が、なけなしの思慮分別が――。

「ぎゃあああぁっ」

魂消る(たまぎる)ような悲鳴が、邸内に響きわたった。

凄まじい(すさまじい)声だった。それはまさに断末魔の叫びであった。

森司とこよみは、はたと顔を見合わせた。

「え、な――」

「父です！」

素早くこよみが立ちあがり、ドアを開けて廊下を走った。森司も慌ててそのあとを追う。

果たしてこよみの予想は当たっていた。

キッチンのシンクの前に、こよみの父がうつぶせに倒れている。ぴくりとも動かない。

こよみが急いで駆け寄った。

「お父さん！　どうしたの」

「腰が、腰が」

　こよみの父が呻いた。

　シンクにコップが落ちている。どうやら水を飲みに来たらしい。蛇口のレバーを上げようと前かがみになった瞬間、おそらくまた腰をやったのだろう。

　そしてそんな彼を、黒と茶虎の猫が扉の陰から心配そうに覗いていた。灘家の愛猫、おはぎとちまきであった。

「お父さん？　まだ歩いちゃ駄目って、だから言ったのに」

　こよみの母親の声がした。やはり寝間着にカーディガンで、額の冷却シートが二枚に増えている。

「いいからお母さんは寝てて」

「そうですよ、寝ててください。ええと、とにかく先生を運ぼう」

　森司はこよみの父の両脇に腕を入れ、抱えあげようとした。瞬時に彼が、哀願するような目を向けてくる。

「八神くん、そっとな。そっと頼む。お願いだから揺らさないでくれ。ちょっとの震動が、腰に響くんだ」

「大丈夫です。わかってます」

「いやそれが、きみが想像する以上だ。頼む。瀬戸物を扱うようにわたしを持ちあげてくれ。いい歳をしてこんなことを言うのは恥ずかしいが、それこそガラス細工のごとく、わたしを繊細に――」

どうにかこうにかこよみの父を布団へ運び、ひと息ついて森司は客間へ戻った。

座卓に置きっぱなしだったはずの盆は、いつの間にか回収されていた。おそらくこよみの母が片付けてくれたのだろう。

「……さて、寝るか……」

ため息まじりに言ったとき、森司は視界の隅に携帯電話を認めた。

ランプが点滅している。着信があったらしい。

部長からのＬＩＮＥだ。

文面は簡潔だった。

「たったいま、村崎さんが襲われた。これから泉水ちゃんの車で向かう。途中で拾える人は拾うから、行きたい人はレスちょうだい」

7

時刻は午後十一時近かった。

駆けつけたのは部長、泉水、森司、こよみの四人だ。

村崎は稽古場から徒歩八分ほどの、木造平屋建ての事務所にかくまわれていた。事務所の風防室には『高野幸一郎選挙事務所』と記した立て看板が置いてある。雪のない季節ならば、表に設置するはずの看板であった。

「すみません。夜中に呼びつけちゃって……」

そううなだれる村崎は、すっぽりと毛布をかぶって震えていた。コートも着ずに外へ飛びだしたせいで、芯まで凍えたのだという。

「明日子さんと、潮みつ恵さんとも連絡が付きました。迎えに来てくれるそうです。ほんとすみません。咄嗟にパニクっちゃって、ゆ、幽霊を信じてくれる人に、真っ先にすがりたくなって……」

そう訴える村崎の唇は、血の気を失って白っぽかった。口もとだけでなく、目じりもこまかく痙攣している。瞳には、まだ色濃い恐怖があった。

「なにを――」

なにを視たんです、と部長が尋ねかける。だがその問いを、

「幸三くん、ここ十一時で閉めちゃうからね」

と事務所の職員がさえぎった。

一瞬、妙な間が流れる。村崎は職員に会釈を返してから、森司たちに向きなおった。

「……ぼくの、本名です」

と苦笑を浮かべる。

「ぼくみたいな現代的イケメンには、似合わない名でしょ？　だから芸名なんです」

軽口を叩きたいらしい。しかし、その口調と表情とが裏切っていた。

「……今夜も稽古場に、ぼく一人で残ってました。そしたらまた、例の、箱守先生の声が聞こえはじめて……」

村崎は唇を嚙んだ。

「でも今日は、いつもと違った。視線に気づいたんです。窓の外からでした。暗いからって、向こうは油断して近づきすぎたんじゃないかな。でも雪の照りかえしで、よく見えました」

彼は指で額を押さえた。

「――知らない男だった。こっちを覗いてた。手に、ｉＰｏｄを持ってました」

「いくつくらいの人です？　顔は見ました？」

部長が問う。

「見ました。ええと、たぶん六十代なかばだと思います。背はぼくより五センチほど低いかな。半分くらい白髪で、苦みばしった顔立ちっていうんでしょうか。わりと渋めのいい男でした」

村崎は毛布をかぶりなおして、

「今日、はじめて気づきましたよ……。あの箱守先生の声が、録音だって」

と頰を歪めた。

「あいつがｉＰｏｄを壁にくっつけて、ぼくに聞かせてたんだ。なんのつもりか知らないが、たちの悪いいやがらせですよ。さすがにかっとなって、コートも羽織らず外へ飛びだしました。とっつかまえて、警察へ突きだしてやるつもりだった」

「その男を追ったんですね」

部長が相槌を打つ。

「でも、捕まえられなかった？」

「惜しいとこまでは、いったんです」村崎は顔をしかめた。

「向こうはたいして足が速くなかった。雪で足場も悪かったですしね。それはお互いさまだが、同じ条件なら若いぼくに利があります。あとすこしで追いつく、と思ったんですが――」

彼は言葉を切って、

「そのとき、本物を視たんです」

と言った。

村崎の双眸が、恐怖に濡れるのを森司ははっきり視認した。同時に、唇がひとりでに動いた。

「箱守、宵子さんですね？」

村崎が森司を見やる。

彼の瞳が揺れた。すがるような眼だった。

「そ、そうです――。先生だった。確かに、箱守先生でした」

彼はつばを呑みこみ、言った。

「入院患者が着るみたいな、薄っぺらい服を着てた。風が強いのに、全然髪がなびいてなくて――。ゆ、雪の壁の上に、しゃがんでた。一番高いところにしゃがみこんで、ぼくを、じっと見下ろしてました」

記憶を払い落とすように、村崎は頭を激しく振った。

「ぼくは、しばらくの間、動けなかった。先生から目がそらせなくて――、あの男のことなんか、頭から吹き飛んでいた。はっとわれに返ったのは、エンジン音が聞こえてからです。ぼくが呆然としている間に、男は路駐した車に乗りこんで、エンジンをかけていた。ヘッドライトに目がくらんだのは、覚えてます。車がまっすぐ突っこんできたから、ぼくは避けて、雪に足をとられて転んで――。あとは、なにもできなかった。まんまと逃げられました」

「なるほど」

部長はうなずいて、

「それから村崎さんは、こちらの事務所に?」と訊いた。

「はい。情けないですが……。稽古場に、一人でいたくなかった」

村崎は悔しそうだった。

「正直、ここには頼りたくなかったんです。でも歩いて行ける距離で、遅い時刻でも人がいる場所というと、この事務所しか思い浮かばなくて」

　彼の視線がちらりと壁へ走る。森司もつい、その目線を追った。

　壁にはポスターがずらりと貼られていた。目のまわりに老人性の染みを浮かせた、七十代後半とおぼしき男性が写っている。

　高野幸一郎だった。県議会議員選挙で毎回トップ当選を果たし、現在五期目だか六期目をつとめる、県内では名の知れた与党議員である。

「……祖父です」

　苦しそうに村崎は認めた。

「ぼくの名づけ親は、祖父なんですよ。祖父から一字もらって、三男だから幸三……。単純でしょう？　うちはぼく以外全員が公務員か、もしくは政治家なんです。本名で役者ができないのも、そのせいだ。いまだに反対されてますよ。……でも一番いやなのは、そんな親族を嫌いながら、仕送りをもらいつづけてるぼく自身です……」

　がっくりと村崎が肩を落とす。

　その直後、事務所の引き戸があいた。

「村崎くん！」

　入ってきたのは南明日子だった。

　やけに迫力のある、初老の女性を後ろに連れている。森司もドラマや映画で、何度か目にしてきた顔だった。潮みつ恵だ。『箱庭座』の創設メンバーで、元看板女優。『四谷怪談異考』の、初代イワコを演じた女性である。

——あ。

瞬間、森司はぞくりとした。

——見られている。

誰かが、窓の外から見ている。

そちらへ目を向ける前に、森司は横の泉水にささやいた。

「泉水さん」

「ん？」

「以前、稽古場で『生霊か、もう死んでるのかよくわからん』って言いましたよね。……いま、ここではどうです？　生霊はいますか？」

「いや」

泉水は首を横に振った。その視線はやはり、窓の外に向けられていた。

「いないな。ここにいるのは——あれだけだ」

「ですよね」

森司はうなずいた。泉水も同意するならば間違いあるまい。

彼らが会話を交わす間にも、みつ恵と明日子は村崎に詰め寄っていた。

「宵子さんがいたんですって？　それ、ほんとうなの？　ほんとに見たの？」

半信半疑、といったふうに潮みつ恵が問う。

「はい。……まだいますよ」

森司は口を挟んだ。

彼は本来、遠慮がちな性格だ。いつもならば、知らない人相手にこんなふうに話しかけたりはしない。

同調していうんだ、と森司はひとりごちた。窓の外にいるあれに——箱守宵子に、自分はいま同調している。その証拠に、どうしようもなく彼女を感じる。

「宵子さんはいます。……そこに」

窓の外を、森司は首で示した。

明日子とみつ恵が、つられるように同じ方向を見やるのがわかった。

だが彼女たちに、宵子は視えまい。高く積みあげられた雪のてっぺんに裸足でしゃがみ、じっとこちらを見下ろす女。顔の半面が火傷でただれ、片側の目鼻が上へ吊られたように歪んでいる女——。

死の間際の姿なのだろうか。宵子はひどく痩せていた。顔は土気いろで、頬が削げ落ちている。

だがその双眸に憎悪はなかった。怒りもなかった。

森司は、無言で彼女と見つめあった。

怖いとは感じなかった。彼女の心に触れている気がした。その心は索漠として、寒ざむしかった。後悔に満ちていた。

しかし生者への恨みや妬みは、そこになかった。この世にしがみつきたいという強い執念もなかった。

森司はゆっくりと、みつ恵を振りかえった。そして言った。

「警察と、お話ししたんですよね？　それから、彼とも」

みつ恵が怪訝そうに森司を見かえす。

森司は言葉を継いだ。

「――駄目ですよ、嘘言っちゃ」

みつ恵の顔がみるみる青ざめていくのを、森司は奇妙に平らな心持ちで見守った。だがさらに言いつのる前に、

「ちょっと待った。八神くん」

部長がさえぎった。

「どのみちこの事務所には長居できない。潮みつ恵さんには、別の場所でお話を聞くとしよう。……それと『箱庭座』のSNSアカウントに、また異変があったようだ。すぐ削除されたけど、スクショを撮っといたよ」

スマートフォンをかざして、部長はいま一度「出よう」と一同にうながした。

8

アパートで一人、紫乃譜は台本を読んでいた。

台詞(せりふ)はとっくに頭に入っている。役づくりも済んでいた。しかし初の主演作品なのだから、やはり完璧(かんぺき)にしておきたかった。

「やっぱり潮みつ恵のほうがいい」「なんでいつもどおり、主演を南明日子にしなかった？」だなんて言われたくない。絶対に失敗できない。

紫乃譜は台本のト書きを指でたどった。

だがその集中は、またも隣室の声で引き裂かれた。

「だっから、てめえは何回言わせんだよ!?　おれが稼いだ金、どうしようとおれの勝手じゃねえか！」

「はあぁ？　ふっざけんな！　なにが〝おれが稼いだ金〟だよ。てめえはただの運転手だろうが！　稼いでんのはデリヘルやってるあたしだ馬鹿！　役立たずがでけえツラしやがって、死ねよ！　死ね死ね死ね死ね！」

――ああもう、最悪。

紫乃譜はため息をついた。

台本をテーブルに伏せ、こめかみを揉(も)む。

まったく、隣室の声や音を聞いていると頭痛がしてくる。隣の夫婦は一度言い争いははじめたら止まらず、しまいには必ずベランダへ出て喚きちらすのだ。

いまは真冬ゆえ、騒音も臭いもまだましだ。だが夏場はとにかく閉口させられた。ベランダへつづく掃きだし窓を開けるたび、見たくもないものが目に入って苛々しどおしだった。

紫乃譜は立ちあがり、キッチンに向かった。

キッチンと言ってもシンクと一口コンロがあって、その横に小型冷蔵庫用のスペースがあるのみだ。冷蔵庫に載せた二段ラックには、保温ポットと電子レンジが縦に並んでいる。

紫乃譜は水切り籠からマグカップを取り、インスタントコーヒーをたっぷり大さじ二杯放りこんだ。

保温ポットから熱い湯を注ぐ。そのままブラックで啜りこむ。喉から胃へ、熱く苦い液体が一直線に下りていくのがわかった。

紫乃譜は、左手をスマートフォンに伸ばした。

ずっと消音にしていたため、LINEの通知が溜まっている。『箱庭座』のグループLINEであった。

どうやら村崎になにかあったらしい。しかし潮みつ恵と明日子、雪大オカルト研究会が駆けつけてことなきを得たようだ、自分の出番はなさそうだと判断し、紫乃譜はスマートフォンをふたたび伏せた。

──雪大オカルト研究会、かあ。

ふっと笑いがこみあげる。

「おかしな子たち……」

もの好きというか野次馬というか、お節介というかお人好しというか。もしくは暇人の集まりというか。

大学生というのは、みんなああなんだろうか。他人のトラブルにあんなに親身になれるほど、生活に暇と余裕があるのか。進学せず、また進学したいとも思わなかった紫乃譜にはよくわからない。

「でも全員、いい子そうだったな……」

つぶやいて、またコーヒーを啜る。

──そういえばお昼をご馳走になったっけ。

あの店のコーヒーは美味しかった。ビーフシチューはさらに美味だった。あの歳であんないいお店に通えるなんて、きっと眼鏡の部長くんはお坊ちゃんに違いない。

──いま思えば例の自称探偵のこと、もっと話してもよかったかも。

紫乃譜はテーブルの前へ戻り、クッションを引き寄せて座った。

探偵を名のる男になにを訊かれ、紫乃譜がどの程度答えたか。そこは本題ではないと考え、適当に濁してしまった。

だが詳細に打ちあけるべきだったか、といまにして思う。

どうせ紫乃譜とオカ研部員に利害関係はない。話したとて損はないのだから、全部ぶちまけてしまえばよかった。

「じつは自称探偵に、しゃべっちゃったのよね。明日子さんの元彼のこと……」

低く紫乃譜はひとりごちた。

と言ってもたいした情報は洩らしていない。紫乃譜自身、ろくに知らない。知っているのは元彼の名が〝高野なにがし〟であること。そして南座長が二人の交際を反対していたことのみだ。

――結局無理やり別れさせられて、元彼は座長を恨んでたらしい……って、誰から聞いたんだっけ、この噂。

紫乃譜は首をかしげた。劇団関係者なのは確かだ。しかし名前も顔も思いだせない。とはいえ、無理に思いだそうという気もなかった。紫乃譜はもともと、明日子がらみの噂やゴシップには参加しないようつとめている。

――妬みと思われそうで、面倒だもんね。

紫乃譜はマグカップを置いた。

明日子の存在ゆえ、長らく紫乃譜が脇役に甘んじたのは事実である。その紫乃譜が明日子の噂に興味津々だったら、「ああやっぱり妬んでいたのね」「嫉妬していたんだ」と思われてしまいそうだ。それがいやだった。

——まあ、いいか。

二杯目のコーヒーを淹(い)れるべく、紫乃譜は立ちあがった。

今回は紫乃譜が主演なのだから、過去のことはいい。それに彼女が雪大オカルト研究会に伝えたかったのは、

「箱守宵子は化けて出るような人ではない」

その一点だ。言いたいことは言えた。それでよしとしよう。

あの自称探偵が誰かは知らない。座長の死に関係があるかもわからない。だがその素性を探るのは警察の仕事であって、紫乃譜が首を突っこむことではない。

——いまはそれより、舞台に集中。

と己に言い聞かせたとき、隣室の怒鳴り声がひときわ高くなった。

悲鳴。肉を叩(たた)く音。金切り声。家具がずれて壁に打ちあたる音。再度の悲鳴。子供のすすり泣き。どうやら口喧嘩(くちげんか)は、本格的な喧嘩(けんか)に発展したらしい。

紫乃譜はため息を口中で嚙(か)んだ。

ああいやだ、と思う。いやだいやだ。どこへ行っても同じだ。

どこにもろくでなしがいて、一人でいられない弱い女をひっかけて暮らしている。あとはお定まりだ。酒。ギャンブル。暴力。次つぎ増えていく子供。

——お隣の声を聞くたび、両親を思いだす。

隣室の父親と、紫乃譜の実父はよく似ている。

そして『東海道四谷怪談』の民谷伊右衛門とも似ている。

彼らは女を愛さないくせに、執着する。妻子が逃げたら血相を変えて追う。女が無力感に打ちのめされ、あきらめて戻るまで追う。そうして連れ戻したら、「心を入れ替える」なんて土下座したことも忘れて、また殴るのだ。

駄目な男。そんな男とずるずる暮らしてしまう駄目な女。日本のどこでも、いや、世界じゅうで見かける光景だ。どこだろうと男と女は変わりばえしない。

二杯目のコーヒーを飲む気力は、失せていた。

紫乃譜はカーテンを細く開けた。隣のベランダをうかがう。

外はあいかわらずひどい雪だった。アパートの一階では、「戸が開かない」「ガラスが圧雪で割れた」などの苦情が上がっているという。

スマートフォンを手に取り、紫乃譜は洗面所へ向かった。

――そろそろ、SNS用の画像を撮らなくちゃ。

正直言って、撮りたくはない。

ホラー好きの間で『箱庭座』のアカウントが、ひそかな話題になっているとも洩れ聞く。まるでげてもの扱いだ。嫌気がさす。

――いやだけれど、これも宣伝のうちよね。

宣伝。広告。もちろん大切だ。

とくに経理担当の事務長には、口をすっぱくして言われた。

「おかしな顔に写ったら、すぐ削除していいからさ。劇団の経営が楽じゃないこと、紫乃譜ちゃんだってわかってるだろ？　思いがけずうまい話題づくりができて、ありがたいと思わなきゃ。それにほら、あれみたいじゃない、三代目菊五郎の話。彼が南北と台本の読みあわせをしていたら、障子がすーっとひとりでに開いたり、琴の絃が全部切れたりした。その怪異に菊五郎が『この芝居はきっと当たる』と確信したってエピソード……。つまり芝居に限り、お化けどうこうは凶兆じゃあないんだ。紫乃譜ちゃんも、お岩さんを味方につけるくらい強くならなきゃね」

――勝手なことを言ってくれる。

写るのが自分じゃないからって、いい気なもんよね。そう鼻を鳴らしてから、紫乃譜はスマートフォンをかまえた。

普通に、きれいに写る日だってあるのだ。今日はそうでありますように。

胸中で祈って、シャッターボタンをタップする。

画像を確認してからアップロードした。三、二、一と数えて、覚悟してからアカウントをひらく。たったいまアップした画像を確認する。

途端に、紫乃譜は息を呑んだ。

いままで見たうちで、もっとも醜い女がそこに写っていた。

顔の片側は、まるでどろりと煮溶けたようだ。目の上は瘤のように盛りあがり、完全に片目をふさいでいる。

歪んだ唇から覗く歯は、それこそ櫛の歯が欠けたようにところどころ失われていた。

その口のまわりは真っ赤だ。粘い血に染まっているのだった。

思わず顔をそむけたくなるような醜貌だった。この上なく醜い女が、訴えかけるような目つきでじっと閲覧者を、紫乃譜を睨んでいる。

紫乃譜は思わずスマートフォンから目をそらした。

その視界の端に、ベランダを駆けぬける灰いろの鼠が映った。

9

一夜が明けた、午後十時。

夜に包まれた世界はモノトーンだった。

空は月も星もなく、叢雲さえない黒一色だ。

ブロック塀や生垣から突きだす枝、冬囲いされた植木、シャッターが閉ざされた車庫はすべて灰いろにくすんでいる。

だが視界の七割近くを覆うのは、圧倒的な白だった。

そそり立つ壁と化した雪。アスファルトを覆い隠し、タイヤ跡をくっきりと刻んだまま凍った雪。屋根や車にのしかかる雪。空き地にあったはずの『売地』の看板を、完全に埋めつくしてなお降り積もる雪。

そんな中、『箱庭座』の稽古場だけはいまだ灯りをともしていた。

モノトーンの世界を、男が一人歩いている。雪は小やみになりかけていた。彼が歩を進めるたび、踏み固められて締まった雪が、靴底をごつごつと押しあげる。

稽古場には塀も門扉もない。ただ時刻が時刻ゆえ、裏手にまわれば人目に付くことはほとんどない。

男は身をかがめ、窓越しに中を覗きこもうとした。

情報が確かならば、今夜も村崎が一人で稽古場に残っているはずだ。男はマフラーを鼻の上までずりあげ、そっと窓枠に手をかけた。

だが。

「――そんなところにいたら、寒いですよ」

穏やかな声が夜気を裂いた。

ぎょっとして男が振りかえる。

その見ひらかれた目を、森司は泉水の陰から認めた。男の顔を覆っていたマフラーが、おりからの風でほどける。

森司の脳内で、村崎葵の言葉が再生された。

――六十代なかばだと思います。背はぼくより五センチほど低いかな。

――半分くらい白髪で、苦みばしった顔立ちっていうんでしょうか。わりと渋めのいい男でした。

まさにその証言どおりの男が、彼らの眼前に立っていた。

「残念ながら、今日は村崎葵さんはいらっしゃらないんですよ」

穏やかな声の持ちぬし――黒沼部長が、すまなそうに言う。

「流した情報はでまかせです。だまして申しわけありません。そしてだまされたこと、どうか気に病まないでください。嘘やお芝居を評価するあなたの目が、鈍っているのはしかたない。だって『箱庭座』の創設メンバーであるあなたが退団したのは、もう三十年も前の話ですもんね――。奥田誠吾さん」

奥田と呼ばれた男の喉が、ぐうっと鳴った。

かまわず部長はつづけた。

「なんで南壮介さんがぼくの名刺を持ってたのか、不思議でしょうがなかったんですよ。記憶の抽斗をどうひっくりかえしても、ぼくは渡した覚えがないんですから。ただし『箱庭座』の大道具スタッフをつとめる、その弟さんになら渡した記憶がある。尾ノ上くんていうんですけどね。どう考えたって、彼から渡ったとしか思えない。というわけで、ちょっとかまをかけたらすぐしゃべってくれましたよ。尾ノ上くんは悪い子じゃないが、隠しごとに向かない性格なんですよねえ」

奥田の肩が、かくりと落ちたのがわかった。

「……べつだん、きみたちに悪意はなかったんだ」

呻くように奥田が言う。

部長はうなずいた。

「わかってます。ただぼくたちにいっちょ噛みさせて、事態をかきまわしてほしかったんでしょ？　だから大道具スタッフをはじめ、あなたのファンだった劇団員を仲間に引き入れて、明日子さんがぼくらに相談するようそそのかした。石渡さんが怪現象に悩まされている件も利用してね。あなたはもの好きなサークル学生たちに騒がせておいて、ひっそりと陰で動くつもりだった。スピリチュアル好きな明日子さんが、意外に腰が重かったのは誤算だったようですが」

部長は微笑み、稽古場を親指でさした。

「とりあえず入りません？　こんなとこで立ち話してたら、全員風邪ひいちゃいますよ」


稽古場の中では、藍とこよみがストーブを焚いて待っていた。

部長が泉水、森司、鈴木、そして奥田誠吾を連れて足を踏み入れる。

一歩入って、鈴木がつぶやいた。

「ああ、ほんまや……。いまは死びとの気配しかせえへん。これが箱守宵子さんか」

「え？」

思わずといったふうに反応した奥田に、部長が言う。

「あなたが箱守宵子さんの〝ほんとうに好きだった人〟ですよね？　奥田さん」

答えを聞く必要はなかった。

奥田の頬に走った震えが、なにより雄弁な答えであった。

——噂では、例のヒモ男と暮らす前、箱守先生は不幸な恋をなさったそうです。

「ほんとうに好きな男と引き裂かれたせいで、宵子は変な男にひっかかっちまったんだ」と、酔ったときに座長がこぼしていました。

紫乃譜の言葉である。森司は目をすがめ、奥田を見つめた。

だが驚きはなかった。すでに箱守宵子の目を通して、彼は奥田の顔を視認していた。

部長にうながされ、奥田は板張りの床に座りこんでから言った。

「……『四谷怪談異考』は、宵子の傑作だ。退団してから、唯一おれが足を運んだ舞台でもある」

押しころした声だった。

「その上、今回の公演は彼女の三回忌追悼記念も兼ねているだろう。だから、なんとしても成功してほしかったんだ」

「おまけにそこへ、南壮介さんの死が重なった。あなたは彼の盟友であり、かつて右腕でもあった。犯人がもしいるなら、仇(かたき)を討ってやりたかったんですね？」

うつむく奥田を、部長は覗きこんだ。

「失礼ですが、箱守宵子さんと別れて退団なさったあとは、どうしてたんです？」

「……いろいろやったよ。金になることとならなんでもした。いまはただの、ちいさな不動産屋の親爺だ」

「じゃあやはり、お芝居からは遠ざかっておられた？」

「ああ。さっきも言ったように、評判の高かった『四谷怪談異考』以外は、どの公演にも足を向けなかった。芝居とは、完全に縁を切っていた」

「そうですか」

首肯してから、部長は森司に目くばせした。交替の合図だ。

森司は息を吸いこみ、おずおずと言った。

「すみません。いきなりこんなことを言っても、きっと信じないでしょうが」

稽古場の隅を、指でさす。

「――箱守宵子さんが、すぐそこにおられます」

奥田の目がゆっくりと、まるく見ひらかれていく。森司が指さした方向を振り向き、穴が開くほど凝視する。

だが彼には視えないはずだった。

視界に映るのはきっと、薄汚れた壁と寒ざむしい板張りのみだろう。

薄青の患者衣に身を包み、寄る辺なさそうに膝を抱えて奥田を見つめる箱守宵子の姿は、残念ながら彼の目ではとらえられまい。

森司はつづけた。

「あなたは、南壮介さん殺しの犯人を炙りだそうとしていた。村崎葵さんを疑ってたんですよね？　だから彼を精神的に追いつめようと、箱守宵子さんの幽霊を装った。でもそんなあなたを――箱守さん自身が、つねに見ていた」

「宵子が？」

あえぐように、奥田は言った。

「宵子が――。なぜだ。あいつはまだ、おれを恨んでいるのか」

「いえ」

森司はかぶりを振った。

「恨みや祟りのためじゃありません。彼女は、あなたを止めたかったんです」

言いづらそうに声を落とす。

「あなたには酷な報せかもしれませんが……、じつは彼女は、『四谷怪談異考』を再上演してほしくないようです」

「え？」

隅を見つめていた奥田が、向きなおって森司を見やる。

森司はつづけた。

「『四谷怪談異考』は、箱守さんが三十代のとき書いた作品ですよね。たしかに評価は高かった。でも晩年の箱守さんは、当時とはだいぶ考えを変えていたみたいです。民谷イワコというキャラクターにこめた自己嫌悪と近親憎悪はかなり薄れ、作品にあからさまに滲ませたメッセージ――〝攻撃者との同一化〟と呼ぶようですが――を、還暦を目前にした彼女は恥じるようになっていた」

奥田はもはや呆然と見かえすばかりだ。

気の毒に思いながら、森司は言葉を継いだ。

「それともうひとつ。村崎葵さんは、南壮介さん殺しの犯人じゃありません。だから、彼を揺さぶっても無駄です」

「無駄……？」

「奥田さん、あなたは潮みつ恵さんとお話しされましたよね」

部長がつづきを引きとった。

「潮みつ恵さんは警察に事情を聞かれた際、『明日子の元彼があやしい。彼は明日子との仲を、壮介さんに裂かれて逆恨みしていた』と証言した。そして同じ内容を、南家へ線香を上げに訪れたあなたにも聞かせた。

その際、潮さんはこうも言ったんじゃないですか？『警察は、明日子の元彼を第一容疑者だと睨んでいる』と。あなたはその言葉を信じた。当然ですよね、彼女とあなたは『箱庭座』の創設メンバーで、旧友だ。疑う理由などかけらもなかった」

部長は眼鏡をはずして拭きながら、

「だからあなたはその後、探偵のふりをして石渡紫乃譜さんに会った。彼女から、明日子さんの元彼の情報を引きだすためです。紫乃譜さんの口は堅かった。しかし苦労の末、元彼の姓が〝高野〟であることは聞きだせた」

と言った。

「さらにその後、あなたは村崎葵さんの祖父が、県議会議員の高野幸一郎であると知った。稽古場から選挙事務所が近かったし。事務所スタッフに声をかけられる現場でも目撃したのかな。また彼が俳優業を親戚に反対され、芸名を名のっていることも知った。

——でもね、違うんです」

部長は眼鏡越しに奥田を見た。

「高野幸一郎は、村崎葵さんの母方の祖父です。だから村崎さんの姓は高野じゃあない。彼の本名は、田黒幸三といいます」

「田黒……」

「それに〝高野〟は県内の苗字ランキングで、二十位以内に入る姓ですからね。狭い世界でダブっても不思議はないんです」

「じ、じゃあ」

奥田はうわずった声で言った。

「じゃあ、彼じゃないのか。みつ恵さんは、なぜおれにあんな」

「あなたと同じです」

部長は言った。

「あなたがぼくらに場をひっかきまわしてほしいと願ったように、潮みつ恵さんも奥田さんを暴れさせ、自分の目くらましに使いたかった。奥田さんが村崎さんの本名を誤解するのは、さすがに計算外だったと思いますがね」

　黒沼部長は彼を正面から見た。

「ちなみに明日子さんの本物の元彼は、高野准平さんというそうです。ぼくらは今日、明日子さんの紹介で彼に会ってきました。立ち入ったことですが、〝なぜ南壮介さんに交際を反対されたか〟を聞くためにです」

　部長は言った。

「南さんは彼にこう言ったそうです。『駄目だ。血が濃すぎる』と」

　奥田の肩が、びくりと跳ねた。

「准平さんと明日子さんは、母方の従兄妹同士でした。そして准平さんの両親もまた、従兄妹同士の結婚だった。南さんがなにを恐れたかは……おわかりでしょう」

　奥田の顔はいまや、血の気を失って真っ白だった。

　部長が静かに言う。

「訊いてもいいでしょうか。あなたと箱守さんは、なぜ結ばれなかったんです？」

　奥田は肺から絞りだすようなため息をついた。

　そして長い沈黙ののち、言った。

「……知らなかったんだ。おれの長姉は二度結婚していて……。最初の夫との間にできた子は、離縁の際に夫側に親権を取られ、その後は会わせてすらもらえなかった。五十年も前の話だからな。田舎じゃあ、まだ家父長制が生き残っていた時代だ。親権は、必ずしも母親優位じゃなかった」

「ということは、あなたと箱守さんは」

「そうだ。――叔父と、姪だった」

つまり三親等内の血族だ。近すぎて結婚できない続柄である。

部長はまぶたを伏せて、

「なるほど。『四谷怪談異考』にお岩さまの妹が――お袖が出てこない理由がわかりましたよ。じつはお袖は四谷家の養子なんですよね。そして夫にした直助が、自分の実兄だとわかってお袖は死を選ぶ。……あなたとの悲恋の痛手を引きずっていた箱守さんには、まだ触れたくない筋立てだった」

「……そのせいだ」

顔を覆って、奥田は呻いた。

「愛していたのに、仲を引き裂かれる気持ちは、よくわかる。おれだって『宵子の親を殺してでも』と考えたことはあるからな。誰もおれたちを知らない町にでも逃げて、二人で暮らそうと思ったことも……。明日子さんと恋人の思いを、自分の過去に重ねてしまった。そのせいで、彼が殺したと決めこんでしまった」

「ですね。だが村崎葵さんと明日子さんは、歳が近くて気安いだけで、べつだん恋愛関係ではなかった。そして本物の元彼も、殺人犯なんかじゃあなかった」

「それなら、誰だ」

奥田は顔を上げた。

「壮介を殺したのは誰なんだ。それとも、ほんとうに事故だったとでも？」

「いえ、殺人でした」

血走った奥田の目を見かえし、部長は言った。

「つい二時間前、潮みつ恵さんが『箱庭座』の事務長こと内縁の夫を、警察署に自首させました。南壮介さんを殺したのは、この内縁の夫ですよ」

いたましそうに彼はつづけた。

「『箱庭座』の創設メンバーは五人でしたよね。箱守宵子。南壮介。潮みつ恵。あなたこと奥田誠吾。そして裏方にまわった最後の一人が、みつ恵さんの内縁の夫であり、現在の経理一般を握る現事務長――。

現代の伊右衛門は、ここにもいたんですよ。彼はドラマや映画で名脇役と謳われる潮みつ恵さんの稼ぎにぶらさがり、なおかつ劇団の金を横領しつづけていた。長年の横領がバレて、彼は南壮介さんを殺したんです。みつ恵さんの小細工は、彼を守ろうとしてのことでした」

「あいつが？」

奥田は愕然と宙を睨んだ。

「あいつが、まさか壮介を――」

「この世に〝まさか〟はありません。『東海道四谷怪談』でも、すべてのきっかけになる伊右衛門の舅殺しは、お岩さまを取りもどすためではなかった。舅に横領を咎められたがゆえでした。……彼のような男は、いつの世もいるんです」

部長の言葉に、奥田ががっくりとうなだれる。

そんな奥田を森司は眺め、次いで、稽古場の隅に座る箱守宵子へと目を向けた。

宵子は膝を抱えた姿勢で、じっと奥田を見つめていた。

ただ一心に、彼だけを。

その瞳を、森司は美しいと思った。

たとえ顔半面が焼けただれていようと、病に痩せさらばえていようと、彼を見守る宵子の瞳は美しかった。一点の曇りもなかった。

彼女はただ、奥田にあやまちを犯してほしくなかったのだ。それだけのために、もの言えぬ身で彼のそばに寄り添いつづけた。

「――さて」

部長は眼鏡を指でずりあげた。

その脇では藍が携帯電話を掲げている。液晶に表示されているのは『箱庭座』のSNSアカウントだ。どうやら、またも異変があったらしい。

「もう一件、解決しなきゃならないことが残ってるな。このまま、石渡紫乃譜さんのアパートまで行こうか」

10

紫乃譜は思いのほか、オカ研の訪問をすんなりと受け入れた。

「いきなりですみません。ＳＮＳを見て、つい押しかけちゃいました」

部長が言うと、紫乃譜は目を見ひらいて感嘆した。

「ほんの数十秒で削除したのに。すごいですね」

「たまたまですよ。ところで石渡さん、例の件をご存じですか。今夜、みつ恵さんに付き添われて『箱庭座』の事務長が自首しました」

「ええ。明日子さんから連絡をもらったところです」

紫乃譜は胸の前で指を組んだ。

「驚きました。まさかあの事務長が……。それに例の探偵は、奥田誠吾さんだったそうですね。わたし、まったく気づきませんでした。お恥ずかしいです。でも奥田さん、すごく面変わりしていて……」

「無理ないですよ。彼もいろいろ苦労されたそうですから」

言いながら、黒沼部長がちらりと背後を見やる。

その目線は鈴木に向けられていた。はなから「生霊の気配を感じる」と主張していた彼。その霊とおそらく、もっとも波長が合うであろう彼に。

藍が一歩前へ出る。

「すみません。スマホにまだ画像が残っているなら、見せてもらえますか」

「ああ、はい」

紫乃譜がスマートフォンを取りだす。

「これが昨日の画像です。それからこっちが今日の……」

藍の肩越しに、森司はくだんの画像を確認した。

そこに写っているのは、紫乃譜を撮ったとはとうてい思えぬ醜貌だった。

顔の半面が崩れ、片目が腫れてほぼ完全にふさがっている。ところどころが赤いのは、おそらく血の色だろう。唇は左右不対象に歪み、不揃いな乱杭歯が覗いていた。

——だが、醜いだけではない。

森司は思った。

この顔を見て人が、そして森司が恐ろしいと感じるのは、その醜さゆえではない。

現に、箱守宵子は美しかった。顔面の広範囲を覆う火傷にもかかわらず、見る者の目を惹きつけるなにかがあった。彼女自身がすでに傷を乗りこえたから。そして傷を負うまでの経緯を、完全に過去にしていたがゆえだろうか。

しかし、いまここにいる生霊は——。

森司は顔を上げた。

紫乃譜と話しこむ藍を背に、部長はカーテンを細く開けて外をうかがっていた。泉水と鈴木がその横にいる。同じように、外界を気にしている。

カーテンの向こうは、いちめんの冬景色だ。凍える白が世界を支配している。

部長がこよみに目くばせした。こよみが「失礼します」と小声で言い、部屋を静かに出ていく。

「石渡さん」

部長は言った。

「はい」紫乃譜が彼に首を向ける。

「以前お聞きした話では、見覚えのない櫛が、幾度もベランダにあらわれたそうですね」

部長の声は平坦だった。

「その櫛は、毎回どうしていたんです？」

「え？」

きょとんと紫乃譜は答えた。

「――もちろん、投げかえしましたけど？」

泉水がサッシを開けはなった。

同時に森司は走り、掃き出し窓から身をのりだした。

そして彼は、見た。

角部屋である隣室のベランダに、ブルーシートに包まれた塊があった。シートの端から、青白い細いものが突き出ている。

子供の足だった。そしてその足もとには、女児向けアニメのイラスト入りの櫛が転がっていた。

「ああ、それ？」

紫乃譜がつまらなそうに言う。

「誤解しないでください。毎日のことじゃないんです。だってこの寒さですものね。毎日ベランダに出されてたら、凍死しちゃうじゃないですか。大丈夫、お隣もそのあたりはさすがにわかってますよ」

森司は紫乃譜を見た。次に、顔を引き攣らせて紫乃譜を眺める藍を見た。

そして泉水が巨体に似合わぬ身軽さで、ベランダの柵をのりこえ、ブルーシートに手を伸ばすさまを見た。

シートがめくれる。

鈴木が一瞬、顔をそむけたのがわかった。

女児だった。年齢のほどはわからない。判断がつかないほどに、女児は痩せこけてちいさかった。あきらかに栄養失調であり、日常的に暴力を受けていた。

殴られたせいだろう、片目は腫れてふさがっていた。歯はほとんどなかった。顔の半面は、煙草を押しつけたらしい無数の火傷で爛れていた。その傷口には蛆がたかり、体のあちこちには鼠による咬傷があった。

――餌になっていたんだ。

森司は悟った。

発生する鼠は、四谷怪談の祟りなどではなかった。女児の肉は、鼠が冬を越えるための恰好の餌と化していたのだ。

「……お隣のすぐ下は、空室でしたよね」

部長が言った。

「隣室は角部屋で、階下に人はいない。だからあの子は、あなたの部屋にしか助けを求められなかった。声をたてれば親にばれるから、せめて所持品を投げこんで注意を引くほかなかった」

それをあなたは、その都度投げかえした――。

「だからなに？　無視したのは、わたしだけじゃない」

平然と紫乃譜は言った。

「アパートの住民全員が、あの子のことを知ってた。ううん、たぶんご近所の半分以上が。でも誰も通報しなかった。わたしだけじゃないわ」

「ですね。おそらく多くの人が、あの子の存在を知っていた。なのに口を閉ざしていた。一九八九年の『綾瀬女子高生殺人事件』において、彼女の監禁を知りつつも近隣住民がみな黙っていたように。そして二〇一九年の『野田小四女児虐待死事件』において、何人もの大人が虐待を知りながら手をこまねいていたように」

部長は紫乃譜の正面に立った。

「一目あの子を見さえすれば、フォロワーも劇団員もみなわかったはずです。あの異常な画像は、あの子の生霊だ。あの子の精いっぱいのSOSだ、とね。鼠が発生する原因も、ベランダに出現する櫛もあの子です。だがあなたは目をふさぎつづけた。関連づけて考えることを、かたくなに拒んだ。なぜならあなたも……」

押しだすように、部長は言った。

「あなたも、昔の箱守さんと同じだ。〝攻撃者との同一化〟――。自分がかつて乗りこえたことを、克服できない、うまくやり過ごせない、耐えていけない者を無能と感じる。自業自得だと感じてしまう。彼らに寄り添うのではなく加害者側にまわることで、いまある自分を誇り、自尊心を取りもどそうとする」

疲れた声で、彼は言った。

「あなたも被虐待児だったんですね？――石渡紫乃譜さん」

「そんな言いかた、やめて」

紫乃譜はきっぱりと言った。

「過去は捨てたの。辛気くさい、お涙ちょうだいの生い立ちなんかいらない。わたしはわたしの実力だけで売れてみせる。親きょうだいや、生まれなんか関係ない」

その双眸(そうぼう)は、熱を帯びてぎらついていた。

「殴られたからってなに？　食事をもらえない？　外に出されて、飢えて凍える？　そんな子供はごまんといるわ。生き残りたかったら、もっとうまく立ちまわればいいのよ。わたしはそうしてきた。這いつくばってでも生きのびてきた。弱いのが悪いのよ。弱ければ死ぬ。それだけのことじゃない」

ああ、と森司は顔をしかめた。

――真に恐ろしいのは、これだ。

顔の火傷痕や、体の傷などではない。殺人でも、死そのものでもない。

紫乃譜は自分が正しいと確信している。そこには反省も後悔もない。

わが身に起こる怪現象の数かずを、彼女は無意識に隣室の女児と切り離した。真冬に跋扈する鼠。ベランダに投げこまれる櫛。世間に拡散される寸前、女児そっくりの顔に変貌する自分。なにひとつ、目の前の現実と繫ぎあわせなかった。関連付けることから逃避し、拒否しつづけた。

なぜって女児は無力だから。祟れるほどの存在ではないから。たとえ女児が死のうとも、彼女の中では〝自業自得〟で〝当然〟だから。

そう思いこまねば、紫乃譜自身が壊れてしまうから。

かつての箱守宵子が『四谷怪談異考』のヒロインを残酷に描いて恥じなかったように、紫乃譜もまた女児を切り捨てる己を恥じない。

――わたしは生き延びた。

そう彼女は自負し、誇っている。その誇りで己自身を守っている。

自分の才覚で生き延びられない者など、わたしは視界に入れない。歯牙にもかけやしない。

――なぜって、ずっとこうして生きてきたのだから。

サイレンの音が近づきつつある。部屋を出たこよみが、一一〇番と一一九番に通報したのだった。

ブルーシートごと女児を抱えた泉水が、こちらのベランダへ戻ってくる。部長が、手を伸ばして女児を支えた。

「なにしてるの」紫乃譜が言う。

「なにを……」

藍が無言で、彼女の胸をそっと押しかえした。

夜闇に浮かぶ警光灯が、紫乃譜のうつろな瞳に反射して光った。

エピローグ

HAUNTED CAMPUS

冬休みが明け、ひさしぶりにオカ研一同が部室に会した。

頃は正午過ぎである。

藍はコンビニのサンドイッチを、森司と鈴木は購買のおにぎりを携えての集合だった。

一方、二コマ目の講義がなかったこよみと、院生の部長と泉水は一足先に学食で昼食を済ませていた。

日本海側に十日以上居座っていた大寒波も、ようやく重い腰を上げてくれた。窓からは、透きとおるような陽射しが斜めに射しこんでいる。

「あーもう、今年のお正月は雪かきばっかりで、休んだ気がしなかったわ」

ツナサンドを手に藍が嘆く。

「こっちに来て初でしたわ。こないにしんどい冬」鈴木も同意した。

「でもまあ、正月太りしないで済んだのはラッキーかな」と藍。

「最強の有酸素運動だからな、雪かきは」

泉水も首肯する。

紫乃譜の隣室で虐待を受けていた女児は、さいわい一命をとりとめた。しばしの入院ののち、児童養護施設に保護される予定だという。

両親は逮捕され、一連の虐待は夕方のローカルニュースで報道された。

父母ともに、血の繋がった実親だった。ただし母親は二度目の結婚で、前夫との子もやはり養育放棄（ネグレクト）していたという。

そして『四谷怪談異考』は、箱守宵子の望みどおり公演中止となった。

当然だろう。事務長が横領を咎（とが）められ、座長を撲殺。さらにその事務長が看板女優の内縁の夫とあっては、とても舞台どころではなかった。

だが実際のところ、中止の最終判断をくだしたのは明日子のようだ。

生霊騒ぎの顛末（てんまつ）をすべて聞いた彼女は、

「石渡紫乃譜は、主演をつとめる精神状態にない」

と判断したらしい。

「ただし紫乃譜さんを退団させるつもりはありません。彼女は才能ある女優です。カウンセリングを受けるなりして、今回のあやまちを受け入れてから、新たな役にチャレンジしてほしい――。そう願っています」

とのことであった。

「藍くん、八神くん、鈴木くん。そのお昼が済んだらデザート食べようね。これが蒔苗さんからの差し入れ。こっちは百々畝さんから」

部長が洋菓子店の化粧箱をにこにこと指す。

「今年の『香茶堂』の季節限定レアチーズケーキは、レモンの蜂蜜漬けがたっぷり載ってるんだ。宝石みたいにきれいだよねえ。百々畝さんのほうは、最近駅前にできたケーキ屋のイチオシ商品、ピスタチオクリームの苺ムース。緑とピンクのコントラストが、見るからにそそるでしょ？　ね？」

と、洋菓子店のまわし者さながらに熱っぽく語ってくる。

「蒔苗さんといえば、旦那さんはどうなったの？」

化粧箱を覗きこみつつ藍が問うた。

「当然ながら、有罪判決になりそう」

部長が答える。

「とはいえ全面的に罪を認めているし、証拠隠滅や逃亡の恐れなしと見なされてる。被害者の桁橋さんにも、不法侵入などの落ち度があるしね。予想どおり、在宅起訴になるみたいだよ」

「幸か不幸か、『マキナ』の業績に思ったほどのダメージはないみたいね」

「まあお偉いさんの不祥事なんて、消費者にはたいして関係ないからね。品質が落ちたか、値上げしたか、もしくは直接口に入るものに不備や不正があったか――。これ以外で一般庶民が不買することって、ほとんどないから」

部長は肩をすくめた。

「朗報は、蒔苗邸の怪異がぴたりとおさまったことだね。きっと紀枝さんが、桁橋さんの遺品を引きとったからだろう。桁橋さんはやっと安住の地を見つけたんだ」

こよみがコーヒーメイカーを扱いながら、

「百々畝凪さんは、夏海さんとルームシェアを解消するみたいです」

と言った。

「夏海さんは文字どおり憑(つ)きものが落ちたようで、『申しわけないし、居づらいから出る』と言い張っているそうです。だから凪さんはいま、新たなシェア相手を募集中だとか」

「そっか。まあ大学内で募れば、いくらでも希望者は見つかるだろうさ。あのマンションに住みたがる女子は、どう考えても二桁(ふたけた)を下らない」

部長が椅子の背もたれに寄りかかった。

森司はコーヒーをこよみから受けとり、

「でも今回の一連の事件で、おれはいろいろ認識をあらたにしましたよ」

と吐息を落とした。

「生まれ育った家なのに居場所がないとか、安らげない家庭だとか——そういうの、ほんとしんどいだろうなって。おれは出不精で、自分のテリトリーにずっといたい人間だから余計です。将来おれが結婚して家庭を持ったら、裕福じゃなくても、子供にとってできるだけ居心地いい家を作らなきゃいけないと……」

室内を沈黙が覆った。

やけに長い沈黙であった。

――え、おれ、なんか変なこと言ったか？

戸惑う森司の眼前で、彼とこよみ以外の部員全員が、ゆっくりと目を見交わすのがわかった。

泉水が藍に顔を寄せて、

「……いまの八神のあれは、いったいなんだ？」と低く言う。

同じく声をひそめて藍が応(こた)えた。

「どう聞いたってこよみちゃんへのアピールよね。〝おれはいい夫、いい父親になる自信があるぞ〟という」

「いきなりの求愛行動ですな。さすがに面食らいましたわ」と鈴木。

「八神くんも大人になったもんだよねえ。ぼくらがいる前で、あんな露骨な」

部長も深くうなずいた。

いつの間にか四人は立ちあがり、円陣を組むように肩を寄せていた。ひそひそと、だがあきらかに聞こえよがしにささやき合う。

「違いますよ！」

森司は叫んだ。

「前も言いましたが、本人の前で噂話はやめてください」

「でも、陰で言ったら陰口になっちゃうし」

「かまいません。どしどし陰でお願いします。頼むからおれに聞こえないところで」

猛抗議する森司の後ろで、こよみはなぜか窓の外を見て「お空がきれい」とつぶやいていた。

しかし森司を無視し、円陣内の噂話はさらにつづいた。

「あの二人、やっぱり結婚しますかね？」

「そりゃいずれはするでしょ」

「いつまで経っても付き合わないし、先に籍入れちゃった方が早そうよね」

「入籍すれば、さすがの八神も観念するだろうしな」

「ちょっと。観念ってなんですか。やめてくださいってば、灘も聞いてるんですよ」

「聞かせてるのよ」

藍が静かに言った。

庇(ひさし)に垂れさがる氷柱(つらら)の先端から、ぽたぽたと水滴が落ちている。不意の風に枝が揺れ、その滴を横へ払った。

雲が寒波とともに旧年を連れ去り、新しい年がはじまっていた。

引用・参考文献

『世界不思議百科』　コリン・ウィルソン　ダモン・ウィルソン　関口篤訳　青土社
『世界の謎と不思議百科』　ジョン＆アン・スペンサー　金子浩訳　扶桑社ノンフィクション
『オカルト（上）』　コリン・ウィルソン　河出文庫
『不思議な石のはなし』種村季弘　河出書房新社
『四谷怪談は面白い』横山泰子　平凡社
『桑原武夫集９』桑原武夫　岩波書店
『「悪」と江戸文学』野口武彦　朝日選書
『鶴屋南北』郡司正勝　講談社学術文庫
『東海道四谷怪談』鶴屋南北　岩波文庫
『月光　第九號　特集四谷怪談』　南原企画
『実録四谷怪談―現代語訳『四ッ谷雑談集』』横山泰子・序／広坂朋信・訳注　白澤社

本作は書き下ろしです。この作品はフィクションです。
実在の人物、団体等とは一切関係ありません。

ホーンテッド・キャンパス　だんだんおうちが遠（とお）くなる
櫛木理宇（くしきりう）

角川ホラー文庫　22972

令和３年12月25日　初版発行

発行者――堀内大示
発　行――株式会社KADOKAWA
〒102-8177　東京都千代田区富士見2-13-3
電話 0570-002-301（ナビダイヤル）
印刷所――株式会社暁印刷
製本所――本間製本株式会社
装幀者――田島照久

●お問い合わせ
https://www.kadokawa.co.jp/（「お問い合わせ」へお進みください）
※内容によっては、お答えできない場合があります。
※サポートは日本国内のみとさせていただきます。
※Japanese text only

ISBN978-4-04-112064-4　C0193

角川文庫発刊に際して

角川源義

第二次世界大戦の敗北は、軍事力の敗北であった以上に、私たちの若い文化力の敗退であった。私たちの文化が戦争に対して如何に無力であり、単なるあだ花に過ぎなかったかを、私たちは身を以て体験し痛感した。西洋近代文化の摂取にとって、明治以後八十年の歳月は決して短かすぎたとは言えない。にもかかわらず、近代文化の伝統を確立し、自由な批判と柔軟な良識に富む文化層として自らを形成することに私たちは失敗して来た。そしてこれは、各層への文化の普及滲透を任務とする出版人の責任でもあった。

一九四五年以来、私たちは再び振出しに戻り、第一歩から踏み出すことを余儀なくされた。これは大きな不幸ではあるが、反面、これまでの混沌・未熟・歪曲の中にあった我が国の文化に秩序と確たる基礎を齎らすためには絶好の機会でもある。角川書店は、このような祖国の文化的危機にあたり、微力をも顧みず再建の礎石たるべき抱負と決意とをもって出発したが、ここに創立以来の念願を果すべく角川文庫を発刊する。これまで刊行されたあらゆる全集叢書文庫類の長所と短所とを検討し、古今東西の不朽の典籍を、良心的編集のもとに、廉価に、そして書架にふさわしい美本として、多くのひとびとに提供しようとする。しかし私たちは徒らに百科全書的な知識のジレッタントを作ることを目的とせず、あくまで祖国の文化に秩序と再建への道を示し、この文庫を角川書店の栄ある事業として、今後永久に継続発展せしめ、学芸と教養との殿堂として大成せんことを期したい。多くの読書子の愛情ある忠言と支持とによって、この希望と抱負とを完遂せしめられんことを願う。

一九四九年五月三日

ホーンテッド・キャンパス

櫛木理宇

青春オカルトミステリ決定版！

八神森司は、幽霊なんて見たくもないのに、「視えてしまう」体質の大学生。片想いの美少女こよみのために、いやいやながらオカルト研究会に入ることに。ある日、オカ研に悩める男が現れた。その悩みとは、「部屋の壁に浮き出た女の顔の染みが、引っ越しても追ってくる」というもので……。次々もたらされる怪奇現象のお悩みに、個性的なオカ研メンバーが大活躍。第19回日本ホラー小説大賞・読者賞受賞の青春オカルトミステリ！

角川ホラー文庫

ISBN 978-4-04-100538-5

瑕死物件

209号室のアオイ

櫛木理宇

この世には、住んではいけない物件が、ある。

誰もが羨む、川沿いの瀟洒なマンション。専業主婦の菜緒は、育児に無関心な夫と、手のかかる息子に疲弊する日々。しかし209号室に住む葵という少年が一家に「寄生」し、日常は歪み始める。キャリアウーマンの亜沙子、結婚により高校生の義母となった千晶、チョコレート依存の和葉。女性たちの心の隙をつき、不幸に引きずり込む少年、「葵」。彼が真に望むものとは？ 恐怖と女の業、一縷の切なさが入り交じる、衝撃のサスペンス！

角川ホラー文庫

ISBN 978-4-04-107526-5